Tucholsky Wagner Zola Scott Sydow Freud Schlegel
Turgenev Wallace Fonatne Twain Walther von der Vogelweide Fouqué Friedrich II. von Preußen
Weber Freiligrath Frey
Fechner Fichte Weiße Rose von Fallersleben Kant Ernst Frommel
Richthofen Hölderlin
Fehrs Engels Fielding Eichendorff Tacitus Dumas
Faber Flaubert Eliasberg Ebner Eschenbach
Feuerbach Maximilian I. von Habsburg Fock Zweig Eliot Vergil
Ewald London
Goethe Elisabeth von Österreich
Mendelssohn Balzac Shakespeare Dostojewski Ganghofer
Lichtenberg Rathenau Doyle Gjellerup
Trackl Stevenson Hambruch
Mommsen Tolstoi Lenz Hanrieder Droste-Hülshoff
Thoma von Arnim Hägele
Dach Verne Hagen Hauff Humboldt
Karrillon Reuter Rousseau Hauptmann Gautier
Garschin Defoe Baudelaire
Damaschke Descartes Hebbel Hegel Kussmaul Herder
Wolfram von Eschenbach Dickens Schopenhauer Rilke George
Bronner Darwin Melville Grimm Jerome Bebel
Campe Horváth Aristoteles Proust
Bismarck Vigny Barlach Voltaire Federer Herodot
Gengenbach Heine
Storm Casanova Tersteegen Grillparzer Georgy
Chamberlain Lessing Langbein Gilm Gryphius
Brentano Lafontaine
Strachwitz Claudius Schiller Kralik Iffland Sokrates
Katharina II. von Rußland Bellamy Schilling
Gerstäcker Raabe Gibbon Tschechow
Löns Hesse Hoffmann Gogol Wilde Vulpius
Luther Heym Hofmannsthal Gleim
Roth Klee Hölty Morgenstern Goedicke
Luxemburg Heyse Klopstock Kleist
Puschkin Homer Mörike Musil
Machiavelli La Roche Horaz
Navarra Aurel Musset Kierkegaard Kraft Kraus
Nestroy Marie de France Lamprecht Kind Kirchhoff Hugo Moltke
Laotse Ipsen Liebknecht
Nietzsche Nansen Ringelnatz
Marx Lassalle Gorki Klett Leibniz
von Ossietzky May vom Stein Lawrence Irving
Petalozzi Knigge
Platon Pückler Michelangelo Kafka
Sachs Poe Kock
de Sade Praetorius Mistral Liebermann Korolenko
Zetkin

Der Verlag tredition aus Hamburg veröffentlicht in der Reihe **TREDITION CLASSICS** Werke aus mehr als zwei Jahrtausenden. Diese waren zu einem Großteil vergriffen oder nur noch antiquarisch erhältlich.

Symbolfigur für **TREDITION CLASSICS** ist Johannes Gutenberg (1400 — 1468), der Erfinder des Buchdrucks mit Metalllettern und der Druckerpresse.

Mit der Buchreihe **TREDITION CLASSICS** verfolgt tredition das Ziel, tausende Klassiker der Weltliteratur verschiedener Sprachen wieder als gedruckte Bücher aufzulegen – und das weltweit!

Die Buchreihe dient zur Bewahrung der Literatur und Förderung der Kultur. Sie trägt so dazu bei, dass viele tausend Werke nicht in Vergessenheit geraten.

Im Haus der Freudlosen

Bilder aus dem Zuchthaus

Felix Fechenbach

Impressum

Autor: Felix Fechenbach
Umschlagkonzept: toepferschumann, Berlin

Verlag: tredition GmbH, Hamburg
ISBN: 978-3-8424-8952-3
Printed in Germany

Ziel der TREDITION CLASSICS ist es, tausende deutsch- und fremdsprachige Klassiker wieder in Buchform verfügbar zu machen. Die Werke wurden eingescannt und digitalisiert. Dadurch können etwaige Fehler nicht komplett ausgeschlossen werden. Unsere Kooperationspartner und wir von tredition versuchen, die Werke bestmöglich zu bearbeiten. Sollten Sie trotzdem einen Fehler finden, bitten wir diesen zu entschuldigen. Die Rechtschreibung der Originalausgabe wurde unverändert übernommen. Daher können sich hinsichtlich der Schreibweise Widersprüche zu der heutigen Rechtschreibung ergeben.

Felix Fechenbach

Im Haus der Freudlosen

Dem Andenken Kurt Eisner's
der in den Tod ging für seine Überzeugung

Bilder aus dem Zuchthaus

1925

FELIX FECHENBACH

Im Haus der Freudlosen

Bilder aus dem Zuchthaus

1 9 2 5

J. H. W. Dietz Nachfolger, Berlin

Den Zuchthäuslern gewidmet

Letzter Marsch (Beim Rundgang im Kerkerhof zu singen)

Schritt für Schritt,
O, Freund, geh mit!
Die Not
Wirbt Mut.
Blick umher
Die Zeit läuft quer!
Der Tod
Säuft Blut.

Ich und du
Verjagen Ruh:
Die Stadt
Wird wach;
Schreitet schwer,
Ein düstres Heer.
Verrat
Schleicht nach.

Schritt für Schritt,
Der Tod geht mit.
Das Haupt
Trag hoch!
Liegt nichts dran:
Du warst ein Mann!
Wer glaubt
Siegt doch!

Kurt Eisner

Zum Geleit

Ich kam nicht ins Zuchthaus wie tausend andere. Mein Dasein im grauen Haus der Freudlosen war nicht das gleiche wie das der sogenannten »gemeinen Verbrecher«. Aber ich habe Augen und Ohren. Und was ich beobachtet, geschaut und erlebt habe, erzählen – soweit es die besonderen bayerischen Verhältnisse gestatten – diese Blätter.

Wißt, daß es Schicksale von Menschen sind, die zermalmt werden von all dem Leid, der Entseelung und Entwürdigung des Zuchthauses.

Lest dies Buch und gleitet dann noch gedankenlos über Nachrichten von Zuchthausurteilen in Zeitungen weg – wenn Ihr es könnt.

Dresden, Februar 1925
Felix Fechenbach

Vom Volksgericht ins Zuchthaus

Die zehntägige, zermürbende Verhandlung vor dem Münchener Volksgericht war zu Ende. Der Staatsanwalt hatte beim Strafantrag sein Bedauern darüber ausgedrückt, daß ihm das Gesetz leider nicht gestatte, eine höhere Strafe als fünfzehn Jahre Zuchthaus zu beantragen. Diese Bemerkung und noch mehr die Art, wie er sie vorbrachte, charakterisiert sein ganzes Plädoyer und entspricht der Gesamteinstellung dieses Staatsanwalts zu dem politischen Fragenkomplex, den der Prozeß aufgerollt hat.

Der Vorsitzende im Prozeß hieß *Haß*. Ich bin kein Mystiker und leite aus diesem Namen keine innere Beziehung zur Methode ab, von der die ganze, politisch erregte Leitung des Prozesses beherrscht war. Als aber dieser Oberlandesgerichtsrat *Haß* die Verhandlung schloß und die Urteilsverkündung auf den 20. Oktober 1922 festsetzte, da wußte ich – nach der ganzen Art der Prozeßführung – daß ein schweres Fehlurteil zu erwarten ist.

Im engen, dumpfen Zellenwagen werde ich mit den beiden anderen Angeklagten ins Untersuchungsgefängnis am Neudeck zurückgebracht. Der Hausverwalter sagt mir ein paar aufmunternde Worte, und gestattet mir, wie bisher am Abend in der Zelle Licht zu behalten, solange ich will.

Zehn Tage muß ich warten. Zehn Tage voll Spannung und Unruhe. Ich habe eigene Bücher in der Zelle und die Gefängnisbibliothek steht mir zur Verfügung. Von frühmorgens bis in den späten Abend lese ich.

Dann kam der 20. Oktober.

Am Nachmittag um halb fünf Uhr gehts wieder im Zellenwagen zum Justizgebäude. Um fünf Uhr soll das Urteil verkündet werden. Wir sitzen zu dritt auf der Anklagebank. Jeder hat einen behelmten Schutzmann neben sich. Das ganze Gebäude ist stark mit Polizeimannschaften gesichert.

Kurz nach fünf Uhr betritt das Gericht den Saal.

Der Richter *Haß* beginnt mit der Verlesung des Urteils.

Aber merkwürdig. Der Straftenor wird nicht zu Anfang bekanntgegeben, wie es bei allen anderen Gerichten Brauch und Vorschrift ist und wie es selbst das Münchener Volksgericht bis dahin gehalten hat. Vier qualvolle Stunden lang dauert die Verlesung der Urteilsbegründung. Dieses vierstündige Wartenlassen auf das eigentliche Urteil hatte die Wirkung einer Folter.

Endlich, kurz vor neun Uhr erfahre ich, daß ich zu elf Jahren Zuchthaus und zehn Jahren Ehrverlust verurteilt bin.

Mein Herz klopft in stürmischer Erregung.

Aber im ganzen nehme ich die Tatsache des Zuchthausurteils ruhig auf, weil ich davon überzeugt bin, daß ein Fehlurteil zwar gesprochen, auf die Dauer aber nicht aufrechterhalten werden kann. Wahrheit und Recht sind stärker als die Gegenmächte.

Ich bespreche mich noch kurz mit meinem Verteidiger. Dann werde ich mit den beiden Mitverurteilten von Schutzleuten abgeführt.

*

Im Hof steht das Polizeiauto. Wir steigen ein und werden in das Strafvollstreckungsgefängnis Stadelheim gefahren. Nach Erledigung der Aufnahmeformalitäten werde ich in eine Zelle gebracht. Hier merke ich zum erstenmal, daß ich nicht mehr Untersuchungs-, sondern Zuchthausgefangener bin. Ich muß meine Kleider abgeben. Nur das Hemd läßt man mir. Auch Licht gibt es nicht mehr in der Zelle.

Am andern Morgen – es ist unfreundlich kalt – stecke ich während der Spazierhofstunde meine Hände in die Rocktasche, wie ich das als Untersuchungsgefangener unbehindert hatte tun können. Der aufsichtführende Beamte herrscht mich rauh an:

»Nehmen Sie die Hände aus der Tasche!«

Ich habe das Empfinden: Der will dich fühlen lassen, daß du zu einer Zuchthausstrafe verurteilt bist.

Am nächsten Tag bekomme ich Besuch. Mein Bruder und eine Parteigenossin, die Gefängnisbeirat ist, bisher aber keine Genehmigung dazu bekam, mich zu sprechen. Das Besuchszimmer ist durch ein engmaschiges Drahtgitter in zwei Hälften geteilt, das Besucher und Gefangene trennt. Eine Eisenbarriere auf beiden Seiten des Gitters zwingt dazu, einen großen Abstand davon zu halten. Die Unterredung wird von einem Gefängnisbeamten überwacht.

Die Genossin sagt mir:

»Das Urteil ist ein ungeheuerlicher Fehlspruch, das empfindet jeder anständige Mensch. Das öffentliche Rechtsgewissen wird seine Aufhebung erzwingen. In zwei Monaten sind Sie wieder frei.«

Ich habe Vertrauen zu meinem Recht und zu meinem guten Gewissen, nicht aber zum bayerischen Justizministerium. Deshalb äußere ich mich pessimistischer über die Dauer des Kampfes um die Wiederherstellung des beleidigten Rechts.

Mit meinem Bruder bespreche ich einige persönliche Dinge. Aber ehe wir uns noch »das Wichtigste« gesagt haben – darauf vergißt man in solcher Situation meist – ist die kurze Sprechzeit zu Ende.

Nachmittags besucht mich mein Verteidiger Dr. Max Hirschberg. Wir sind allein in einem Zimmer ohne Trennvorrichtung. Auch mein Anwalt ist zuversichtlich davon überzeugt, daß das begangene Unrecht wieder gutgemacht werden wird. Er verspricht mir nochmals, – was er schon unmittelbar nach der Urteilsverkündung getan – daß er den Kampf um mein Recht nicht aufgeben werde, bis das Ziel erreicht ist. Dieses Versprechen gibt mir das Gefühl unbedingter Geborgenheit und, in Verbindung mit meinem guten Gewissen, die Kraft, das Schwere, das vor mir liegt, ruhig und aufrecht zu tragen.

Ich verabschiede mich und werde wieder in die Zelle geführt.

*

Erst acht Tage nach der Urteilsverkündung werde ich ins Zuchthaus abtransportiert. Vom Strafvollstreckungsgefängnis Stadelheim bis zum Untersuchungsgefängnis am Neudeck bin ich in dem berüchtigten Zellenwagen. Am Neudeck ist Umparkierung. Ich komme mit einer ganzen Anzahl Gefangener, die alle auf dem Wege in eine Strafanstalt sind, in einen großen, neuen »Zeiserlwagen«,[1] der die einzelnen Gefangenen nicht mehr durch Zellen voneinander

---

[1] Gefangenen-Transportwagen.

trennt. Eine bunte Gesellschaft ist da beisammen. Wir können uns ungestört unterhalten. Der Wagen bleibt noch eine Weile auf dem Gefängnishof stehen, bis die Begleitpapiere an den Transporteur übergeben sind. Wir sind solange ohne Aufsicht. Ein Gefangener zieht aus irgendeiner geheimen Falte seiner Kleidung Streichholz, Reibfläche und eine Zigarette. Sie wird gemeinsam geraucht. Jeder darf einen Zug tun. Auf diese Weise macht die Zigarette so lange die Runde im Wagen, bis sie aufgeraucht ist.

Ein kleines achtzehnjähriges Dienstmädchen sitzt verschüchtert in der Ecke neben mir. Sie hatte ein Kleidungsstück an sich genommen, das ihrer Dienstgeberin gehörte und wollte auch einmal fein gekleidet sein. Die Richter hatten für ihren Schönheitssinn kein Verständnis und schickten sie auf einige Zeit ins Gefängnis. Jetzt war sie auf dem Schub in ihre österreichische Heimat. Man hat sie als »Ausländerin« ausgewiesen.

Die männlichen Insassen des Wagens machen rohe Witze mit ihr; sie kann sich nicht dagegen wehren und sitzt nur immer hilflos und ängstlich in ihre Ecke gedrückt, wie ein verfolgtes Tierchen. Die andern lassen schließlich von ihren derben Späßen ab, weil sie auf nichts eingeht.

Nun geht es los mit gegenseitigem Erzählen, warum man hierher gekommen und wieviel Jahre man »gefaßt« habe. Diebstahl, Einbruch, Hehlerei, das ist es meist. Sie haben alle »nur« ein paar Jahre Gefängnis. Einer ist dabei, der die »Häuserltracht«[2] schon an hat. Man hat ihn aus dem Gefängnis geholt, wo er eine Strafe verbüßte, und ihn neuerdings vor Gericht gestellt, weil ein weiterer Diebstahl von ihm bekannt geworden war. Er ist »Spezialist auf Hoteldiebstähle« und betrachtet seine Verurteilung nur als eine Art Betriebsunfall. Vor Gericht hat er, wie er erzählt, »Generalbeichte« abgelegt und auch Diebstähle eingestanden, die dem Staatsanwalt unbekannt waren. So habe er in einem Aufwaschen seinen »Knaßt«[3] weg, während er anders gewärtig sein müsse, neuerdings vor Gericht zu kommen und dann käme er nicht so gelinde davon.

---

[2] Sträflingskleidung.

[3] Strafzeit.

Über einen geradezu bewunderungswürdigen Galgenhumor verfügt dieser Hotelspezialist. Er unterhält die ganze Gesellschaft.

Als ich auf die Frage nach meinem »Knaßt« von meinen elf Jahren Zuchthaus erzähle, muß ich nicht gerade ein frohes Gesicht gemacht haben. Der mit dem Galgenhumor fühlt das Bedürfnis, mich zu trösten und er tut das auf seine Art:

»Balst ins Häuferl[4] kemmst und legst di auf d' Nacht in d' Klappen, nachert fragst dein Nachbarn, wievui Jahr daß er hat. Und wenn der sagt »himmiblau«,[5] sichst, nachert gfreut di 's Leben erst wieder.«

Inzwischen war der Zeiserlwagen weitergefahren. Ein Polizeibeamter hatte neben der Tür Platz genommen. Wir waren bald im Polizeigebäude. In der Kanzlei werden wir aufgenommen. Ich bitte darum, man möge meinem Rechtsanwalt telephonieren, daß er mir einen kleinen Geldbetrag schicke, damit ich mir während des Transportes Lebensmittel kaufen könne. Ein Beamter trägt meine Bitte dem Diensttuenden vor. Der lehnt schroff ab:

»Der Fechenbach ist Zuchthausgefangener. Der braucht nichts mehr.«

Das ist in einem so gehässigen Ton gesagt worden, daß ich es bereute, überhaupt die Bitte ausgesprochen zu haben.

Ich muß die Nacht über im Polizeigebäude bleiben. Am andern Morgen um vier Uhr beginnt der Abtransport. Nach einem kurzen Aufenthalt in der Kanzlei komme ich zwischen zwei Polizeibeamte in Zivil und werde abgeführt. Vorher habe ich noch ein Stück Brot und ein wenig Käse bekommen. Das Mittagessen.

Kaum haben wir die Straße betreten, wendet sich der eine Beamte zu mir:

»Herr Fechenbach, machen Sie keine Schwierigkeiten, ich muß Sie fesseln. Es ist meine Pflicht.«

---

[4] Strafanstalt.

[5] himmelblau = lebenslang.

Im gleichen Augenblick schnappt die Schließzange um mein rechtes Handgelenk zu. Ich fühle das kalte Metall, aber es wandelt sich in meinem Bewußtsein zu brennender Glut.

Wir gehen zum Bahnhof.

In der Bahnpolizeiwache warte ich auf den Zug. Wir steigen in ein besonderes Abteil, das vom Zugführer wieder verschlossen wird. Die Schließzange wird abgenommen. Die Begleiter sind freundlich zu mir. Ich unterhalte mich zuweilen mit ihnen.

Gegen Mittag kommen wir in Bamberg an. Der nächste Zug nach Ebrach geht erst um sechs Uhr abends. Ich komme solange ins Bamberger Gerichtsgefängnis.

Im Schublokal sind bereits zwei Gäste. Die erste Frage, die von dem einen an mich gerichtet wird, forscht nach Zigaretten. Ich habe keine bei mir. Er belehrt mich, wie ich's das nächste Mal zu machen habe, Zigaretten heimlich mitzubringen. Von ihm bekomme ich eine Menge Ratschläge für den vor mir liegenden Aufenthalt im »Zuckerhaus«, wie er's nennt. Er hat eine reiche Erfahrung, und schaut geringschätzig auf mich Neuling.

Der Aufseher bringt eine Schüssel Essen für mich. Ein dicker, undefinierbarer Brei. Ich kann nichts davon berühren, obwohl ich seit vier Uhr früh nur mein Brot mit Käse gegessen habe. Die beiden andern schlingen den Inhalt der Schüssel mit tierischer Gier in wenig Minuten hinunter.

Der mit der reichen Erfahrung sagt mir:

»Das Essen lernst du schon noch in Ebrach, wenn du erst einmal Hunger hast.«

Um halb sechs Uhr kommen meine beiden Begleiter und holen mich ab. Ich werde wieder mit der Schließzange gefesselt und mitten durch die Stadt zum Bahnhof gebracht. Zum letztenmal für lange Zeit sehe ich im Licht der Bogenlampen auf den Straßen Bambergs das flutende Leben. Dann steigen wir in das Gefangenenabteil des Zuges, der uns nach Ebrach bringt. Dort ist das Zuchthaus.

Die erste Nacht

Gegen neun Uhr abends war der Lokalzug von Bamberg fauchend und prustend in den kleinen Bahnhof eingelaufen. Kalte, feuchte Oktoberluft bläst mich beim Aussteigen unfreundlich an und macht mich frösteln.

Zwischen den zwei Transporteuren gehts von der Station weg eine mattbeleuchtete Straße entlang. Mein rechtes Handgelenk ist mit der Schließzange gefesselt.

Nach wenigen Minuten stehen wir vor einem großen Gebäude. Es ist nicht hell genug, als daß ich Einzelheiten erkennen könnte. Nur einen mächtigen Portalbau und viele Fenster sehe ich.

Auf ein Glockenzeichen wird die schwere Pforte geöffnet. Wir gehen hinein. Dumpf fällt die Tür ins Schloß.

Ich bin im Zuchthaus.

Rechts neben dem Eingang ist die Torwache. Hier treten wir ein. Es ist angenehm durchgeheizt. Das tut gut nach der Fahrt im kalten Gefangenenabteil.

Die Übernahmeformalitäten sind bald erledigt. Die Transporteure lassen sich ein Gasthaus zum Übernachten empfehlen und verabschieden sich.

Der Transportschein liegt auf dem Tisch. Am oberen Rand lese ich: »Vorsicht!« Das Wort ist mit Rotstift stark unterstrichen.

Der Anstaltsdirektor wird durch die Wache verständigt, daß ein »Zugang« eingetroffen. Gleich darauf werde ich abgeführt.

Ein Beamter der Torwache und ein Nachtwächter begleiten mich. Die großen Gittertüren, der geräumige Hof mit seinen mächtigen Arkadenbögen, die hohen gewölbten Gänge, durch die wir kommen, das alles sieht so düster aus und wirkt in der Beleuchtung der mitgeführten Handlaterne fast gespenstisch und unwirklich. Und doch ist's nur zu bittere Wirklichkeit. Der Nachtwächter ist mit Karabiner und Pistole ausgerüstet. Neben ihm geht ein großer Polizeihund, der mich mißtrauisch anknurrt.

*

Wir stehen in einem hohen Kreuzbogengang vor einer Zellentür. Sie wird geöffnet. Wie der Beamte Licht macht, pralle ich entsetzt zurück.

Ich hatte mir unter dem Begriff »Zuchthaus« allerhand Unangenehmes gedacht. Was ich aber in dieser Zelle zu sehen bekomme, übersteigt meine schlimmsten Vorstellungen.

In die Zelle ist ein großer Käfig aus rotlackierten Eisenstangen eingebaut.

Mich überläuft ein kalter Schauder.

Die Käfigtür wird geöffnet und mir bedeutet, daß ich eintreten soll. Ich halte das zuerst für einen rohen Scherz, den man sich mit mir machen will. Aber es ist brutalster Ernst.

»Da soll ich hinein?« frage ich, noch immer ganz ungläubig.

Der Beamte bejaht. Dabei dreht er seinen martialischen, schwarzen Schnurrbart.

»Das ist ja der reinste Tigerkäfig!«

»Jetzt sind's halt im Zuchthaus,« kommt's lakonisch zurück.

»Aber ich bin doch kein Raubtier.«

Der Beamte lächelt überlegen und rasselt dabei mit seinem großen Schlüsselbund.

»Wenn's amal a Zeitlang da sin', na werns scho einsehn, daß 's hier Leut' gibt, für die ma so was braucht.«

Es war nicht zu ändern, ich mußte hinter die roten Eisengitter.

Jetzt scheint mir nichts mehr unmöglich, selbst nicht die Ungeheuerlichkeit, längere Zeit in diesem Raum bleiben zu müssen. Ich frage mechanisch danach. Meine Sorge wird nur zum Teil behoben.

»Morgen is Sonntag. Bis Montag müssen's also Geduld haben. Es is jo a nit so schlimm, wie's ausschaut.«

Mir ist's schlimm genug.

Ich werde allein gelassen. Der Beamte geht, um Matratze und Schlafdecken zu holen. Ich schaue mir den Käfig näher an.

Er ist zwei Meter hoch. Die oberen Querstanzen kann ich bequem mit der Hand erreichen. Die Rück- und die linke Seitenwand werden von der Zellenmauer gebildet. Ganz unten, fast am Fußboden, ist ein eiserner Ring in der Mauer befestigt, eine Vorrichtung für Fußfesselung. Der einzige Einrichtungsgegenstand steht in der Ecke: ein Holzkübel mit Deckel ohne Handgriff, die obligate Opferschale.

Ich gehe auf und ab.

Mit drei Schritten habe ich den kleinen Raum durchmessen und muß dann immer wieder kehrt machen. Unwillkürlich denke ich an Raubtierkäfige in Menagerien, in denen gefangene Tiere ruhlos am Gitter hin- und herstreichen.

Da geht die Zellentür wieder auf. Matratze, Kopfkeil, zwei Schlafdecken und ein Leintuch werden gebracht und auf dem Boden des Käfigs zum Schlafen gerichtet. Ich muß mich nackt ausziehen. Vor Kälte zittre ich.

Leibesvisitation.

Kein Winkel, keine Öffnung des Körpers bleibt undurchforscht. Dem Beamten ist das schon zum alltäglichen Handwerk geworden. Er fühlt nicht mehr, welch tiefe Demütigung der ganze Vorgang für den Gefangenen bedeutet.

Mein Hemd bekomme ich wieder. Alles übrige an Wäsche und Kleidung wird mir abgenommen. Käfig und Zellentür werden verschlossen und verriegelt. Gleich darauf löscht das Licht aus.

*

Es ist dunkel und kalt.

Ich bin müde von der langen Bahnfahrt, aber die neuen Eindrücke beschäftigen mich, und der Gedanke an den schauderhaften Eisenkäfig, worin ich liege, läßt mich keine Ruhe finden.

Ich kann nicht schlafen.

Die nahe Turmuhr zeigt jede Viertelstunde die Zeit an. Ungeduldig zähle ich die Glockenschläge. Träge schleichen die Stunden und dehnen sich zu Ewigkeiten. Eine schlaflose Nacht scheint endlos, besonders in solcher Lage.

Ich habe immer nur den einen Gedanken: Wie komme ich aus dem Eisenkäfig heraus?

Bis Montag hat mich der Beamte vertröstet. Dann soll ich in eine ordentliche Zelle kommen. Also einen ganzen Tag und noch eine volle Nacht hier zubringen! Ich nehme mir vor, gleich am nächsten Morgen den Versuch zu machen, in einen anderen Raum zu kommen. Wenn man mich aber abweist? Dann bleibt's beim Käfig.

So kreisen meine Gedanken unaufhörlich um den einen Punkt.

Der Nachtwächter kommt wiederholt, knipst das Licht an und schaut durch den kleinen Spion in der Tür. Er will sich vergewissern, daß alles in Ordnung ist.

Auch in der längsten Nacht rinnt eine Stunde nach der andern ab und die letzte dämmert dem Tag entgegen.

Es schlägt sechs Uhr.

Ich stehe auf, will mich ankleiden, um dann auf und ab zu gehen. Aber ich finde meine Kleider nicht. Da fällt mir ein, daß ich sie ja am Abend hatte abgeben müssen. Im Hemd spazieren gehen, wäre doch etwas ungemütlich; es ist auch zu kalt dazu.

Es bleibt mir also nichts übrig, als mich wieder auf die Matratze zu legen.

Bis halb acht Uhr bleibe ich unter den Schlafdecken verkrochen, dann wird's lebendig im Haus. Ich höre Schritte, Stimmen, Schlüsselklirren, Türen auf- und zugehen.

Die Zellentür wird geöffnet.

Ein Wachtmeister bringt mir meine Kleider und Wasser zum Waschen. Bald darauf kommt die Morgenkost, eine Blechschüssel voll Brennsuppe und ein Stück Brot. Ich habe Hunger und lasse nicht den kleinsten Rest übrig.

Nach acht Uhr geht die Türe wieder auf. Ein älterer Oberwachtmeister tritt ein. Er will wissen, wann ich gekommen sei, ob ich die Morgenkost schon bekommen hätte. Auch sonst fragt er noch manches. Etwas freundlich Teilnehmendes und Ruhiges hat er im Ton und in seinem ganzen Wesen, trotz des feldwebelhaften Schnauzbartes, der ihm buschig über die Mundwinkel hängt.

Nur wer eine Nacht in solcher Käfigzelle im Zuchthaus zugebracht hat, weiß, wie gut dann ein paar freundliche Worte tun. Sie sind wie Balsam auf offene Wunden. Das um so mehr, je weniger man Freundlichkeit erwartet hat.

Ich sage dem Beamten, wie sehr mich der Raubtierkäfig bedrückt.

Er versteht das.

»Ja, das glaub' ich gern. So was schreckt ab. Das wirkt wie ein kalter Strahl.«

Mir scheint die Gelegenheit günstig, meinen Wunsch nach Unterbringung in einem anderen Raum vorzubringen.

Er zuckt bedauernd die Achseln.

»Heut ist Sonntag. Da wird's schwer gehen. Aber ich will schauen, vielleicht läßt sich's doch machen.«

Damit geht er, um eine Viertelstunde später wiederzukommen. Mein Käfig wird aufgeschlossen und ich werde zum Direktor geführt, trotz des Sonntags.

Ich atme befreit auf.

In den schauderhaften, barbarischen Eisenkäfig brauche ich nicht mehr zurück. Aber die Erinnerung an diese erste Nacht im Zuchthaus bin ich nicht wieder losgeworden.

Die Aufnahme

Auf dem Gang vor dem Rapportzimmer muß ich warten, bis der Oberwachtmeister dem Anstaltsdirektor Meldung gemacht hat. Dann werde ich ihm vorgeführt.

Hinter einem Schreibtisch sitzt der Anstaltsgewaltige mit dem Blick gegen die Tür. Über ihm an der Wand hängt ein altes bayerisches Königsbild. Der Eintretende ist durch eine Holzbarriere vom Schreibtisch getrennt.

Ich hatte mir den Leiter des Zuchthauses als einen großen, stämmigen Menschen vorgestellt, ich weiß nicht recht warum. Statt dessen sitzt dort ein kleiner Mann mit breitem, weißem Kinnbart. Seine Weste umspannt eine ansehnliche Rundung. Er trägt die Dienstmütze mit dem gekrönten bayrischen Löwen. Das Gesicht bemüht sich, strengste Amtsmiene zu zeigen.

Er mustert mich ein paar Augenblicke und fragt barsch nach Namen, Alter, Strafzeit und Grund der Verurteilung. Die Fragen werden kurz beantwortet. Dann kommt vom Schreibtisch die knappe, dienstliche Weisung:

»Wird sofort eingekleidet und mir wieder vorgeführt!«

Ich kann abtreten.

*

Der Oberwachtmeister mit dem Feldwebelschnauzbart führt mich in den Umkleideraum. Es ist ein unfreundliches, kahles Zimmer mit zwei Tischen und einem Stehpult. Links in der Ecke neben der Tür ist ein wannenförmiges Bassin aus Zement in den Boden eingelassen. Das Bad.

Es werden ein paar Lichtbildaufnahmen von mir gemacht, mit und ohne Hut und Mantel. Dann wird damit begonnen, meinen äußeren Menschen zuchthausgemäß umzuwandeln.

Ein glattrasierter, kurzgeschorener Gefangener schneidet mir mit fabelhafter Geschwindigkeit Kopf- und Barthaare ganz kurz ab. In der Zwischenzeit läuft warmes Wasser in das Bassin.

Ich kleide mich aus und steige ins Bad. Nach der schlaflosen Nacht ist das eine ordentliche Erquickung. Dem Haarschneider scheine ich zu lange im Wasser zu sitzen. Wenigstens fragt er mich ganz trocken, ob ich meine elf Jahre »Knaßt« in der Badewanne machen wolle. Ich gebe ihm die beruhigende Versicherung, daß dies nicht meine Absicht sei, krabble zur Bekräftigung gleich heraus und warte auf das weitere.

Und das weitere war eine nochmalige Leibesvisitation, ebenso gräßlich in ihren Einzelheiten wie die am Abend vorher in der Käfigzelle. Vielleicht noch ein wenig gründlicher.

Ich muß mich nackt vor den Beamten stellen. Er kommandiert:

»Arme hoch, Finger spreizen!«

Die Achselhöhlen und Hände werden beschaut, ob dort was verborgen ist.

»Rechten Fuß nach rückwärts heben!«

Zwischen den Zehen könnte etwas versteckt sein.

»Linker Fuß!«

Es geschieht. Dann muß ich mich, mit gespreizten Beinen stehend, nach vorwärts beugen und der Beamte durchforscht mit suchendem Blick den After. Selbst die Genitalien hält er für geeignet, daß Ausbruchswerkzeuge oder geheime, schriftliche Mitteilungen – Kassiber – darunter verborgen sein könnten. Nase, Mund und Ohren werden noch geprüft, ob sie Verbotenes enthalten, dann erst ist die widerliche Prozedur beendet.

Jetzt wird meine Körperlänge gemessen, ich bekomme Zuchthauswäsche und Gefangenenkleidung. Alle meine Wäschestücke tragen die gleiche Nummer mit Stempelfarbe aufgezeichnet.

Die Verwandlung meines Äußeren ist nun vollendet. Ich sehe jetzt fast gerade so aus, wie der Mann, der mir kurz vorher seine Gewandtheit im Haarschneiden an meinem Kopf vordemonstriert hat.

Die Kleidung ist denkbar einfach. Genagelte Rindlederschuhe, eine rauhe, klobig plump geschnittene Hose von eigenartig brauner

Farbe und ein ebensolcher, übermäßig kurz gehaltener Spenzer mit niedrigem, schwarzem Stehkragen.

In dieser Aufmachung werde ich noch einmal photographiert. Fingerabdrücke werden genommen und nach Feststellung einer Reihe von Personalien bekomme ich ein kleines, weißüberzogenes, gelbgerändertes Kärtchen; darauf steht über meinem Namen die Nummer 2747. Meine neue »Visitenkarte«.

Kleider, Wäsche, Taschenmesser, Uhr, Brieftasche und was ich sonst mitbrachte, wird peinlich gewissenhaft bis auf's letzte Kragenknöpfchen in eine Liste eingetragen, die ich unterschreiben muß. Dann gehen wir wieder zum Rapportzimmer.

Mein Begleiter belehrt mich:

»Wenn Sie hineinkommen, müssen Sie Ihre Nummer und Ihren Namen sagen.«

Ich nehme meine »Visitenkarte« aus der Tasche und präge mir die Nummer ein: 2747. Nach einer Weile öffnet ein hornbebrillter junger Assistent die Türe. Wir treten ein. Vor der Holzbarriere bleibe ich stehen und sage mein Sprüchlein auf:

»2747 Fechenbach.«

Der Direktor sitzt noch am Schreibtisch, vor ihm liegt ein grauer Aktendeckel. Ein paar Schriftstücke sind darin.

Ich stehe in nachlässiger Haltung da.

»Tun Sie Ihre Hände nach vorn und stellen Sie sich ordentlich hin!« fährt mich der Direktor in fast feldwebelhaftem Ton an. Dabei gerät er in cholerische Erregung und sein Gesicht bekommt hochrote Färbung.

Ich habe plötzlich ein Gefühl, als wäre ich wieder Rekrut und stünde vor dem Kompagniechef. Diese Vorstellung löst automatisch die bekannte Bewegung aus, die auf das Kommando »Stillgestanden« folgt. Ich reiße die Hacken zusammen, die Hände liegen an der Hosennaht.

Der Direktor scheint von der prompten Wirkung seiner Rüge befriedigt. Ein triumphierendes Lächeln huscht über sein Gesicht.

Er macht mich jetzt mit den wichtigsten Bestimmungen der Hausordnung bekannt. Ich höre nur mit halbem Ohr. Erst als von den Hausstrafen die Rede ist, horche ich auf.

»Arrest bei Wasser und Brot kann bis zu sechs Wochen verhängt und mit Entzug des Tageslichts und des Nachtlagers verschärft werden ...«

Der Käfig, worin ich die vergangene Nacht verbracht, war eine Arrestzelle; das habe ich inzwischen erfahren. Mein Bedürfnis nach Aufenthalt in solch soliden Räumen ist mehr als gedeckt.

Die Instruktion wird fortgesetzt. Ich erfahre, daß bei Fluchtversuchen nach Anruf scharf geschossen wird und daß die Beamten ausgezeichnete Schützen sind. Das beunruhigt mich nicht, weil ich keine Intentionen in dieser Richtung habe.

»Ihre Strafe hat am 20. Oktober 1922 begonnen und endet am 20. August 1933. Bei guter Führung kann Ihnen für ein Viertel oder ein Drittel der Gesamtstrafzeit Bewährungsfrist zugebilligt werden.«

Mir schießt der Gedanke durch den Kopf: Ehe soviel Monate um sind, als man mir Jahre zugedacht hat, bin ich nicht mehr im Zuchthaus. Die Idee des Rechts wird sich durchsetzen.

Einige Fragen muß ich noch beantworten. Sie beziehen sich auf Beruf und Bildungsgang. Dann wird entschieden:

»Sie kommen in Zellenhaft. Drei Jahre *müssen* Sie in der Zelle bleiben. Dann werden Sie – aber nur auf besonderes Ansuchen – in Gemeinschaftshaft überführt.«

An den Oberwachtmeister ergeht nun wieder eine kurze dienstliche Weisung:

»Kommt in den Zellenbau. Arabisch Eins. Papierarbeit!«

Der Beamte legt salutierend die Hand an den Mützenrand:

»Jawohl, Herr Oberregierungsrat!«

»Abtreten!«

*

Wir verlassen das Rapportzimmer. Durch Gänge und über Treppen geht's in die Krankenabteilung. Jeder Zugang muß dem Hausarzt vorgestellt werden.

Das jetzige Zuchthaus Ebrach war bis zur Säkularisation im Jahre 1803 ein reiches Zisterzienserkloster. Mein Begleiter sagt mir, daß die breite Treppe, die jetzt zur Krankenabteilung führt, ehemals der Aufgang zum Festsaal der Abtei war. Ich betrachte mir beim Hinaufgehen die Stuckornamente an der Decke. Da ist unter anderem ein fröhlicher Schalksnarr mit Pritsche und Schellen. Er mag sich jetzt merkwürdig genug vorkommen als einziger Vertreter ausgelassener Lustigkeit in diesem Haus der Freudlosen. Über dem nächsten Treppenabsatz zeigt die Decke eine Frauengestalt in Stuck. Sie trägt griechische Kleidung und hält ein undefinierbares Ding in der Hand, das eine runde Büchse, aber auch ebensogut etwas anderes sein kann. Vielleicht soll die Gestalt eine Pandora vorstellen. Ich weiß es nicht. Jedenfalls aber wäre sie mit ihrer Büchse, aus der nach altgriechischer Vorstellung sich alle menschlichen Übel und aller Jammer über die Erde ergossen, besser am Platz, als der lustige Narr, der wie zum Hohn von der Decke herunterlacht.

Wir steigen den letzten Treppenabsatz hinauf und kommen in die Krankenabteilung. Auf dem kalten Gang vor dem Ordinationszimmer muß ich Schuhe und Oberkleidung ablegen. Fröstelnd warte ich, bis der Spitalverwalter mich eintreten heißt.

Drinnen steht vor seinem Schreibpult der Obermedizinalrat. Eine lange, hagere Figur im weißen Operationsmantel. Auf dünnem Halse sitzt ein grauhaariger, wackliger, kleiner Kopf mit müdem, vertrocknetem, aber gutmütigem Gesicht. Man wird unwillkürlich an Spitzweggestalten erinnert.

Ich muß mich nackt ausziehen, teile die verlangten Personalien und Angaben über meinen Gesundheitszustand mit. Dann folgen eine kurze ärztliche Untersuchung, Messen, Wiegen, und ich kann wieder gehen.

Vor der Tür kleide ich mich an und mein Begleiter führt mich in den am Ende eines Obst- und Gemüsegartens hinter dem Hauptgebäude liegenden Zellenbau. Die Eisengitter vor den quadratischen

Fenstern verraten schon von weitem die Bestimmung dieses massiv gebauten Hauses.

Ich werde eingelassen und komme in eine Zelle im zweiten Stockwerk.

*

Erst am nächsten Vormittag geschieht der letzte Akt der Aufnahme in die Anstalt.

Auf einen Bogen Papier mit Vordrucken habe ich meinen Lebenslauf zu schreiben. Auf der Rückseite sind ein paar einfache Rechenaufgaben schriftlich zu lösen. Kurz nachdem das geschehen, werde ich in das Dienstzimmer des Zellenbaus zum Oberlehrer gerufen.

Beim Eintreten grüßt mich ein glatz- und rundköpfiges, goldbebrilltes Männchen. Am Ton der Stimme, an seinem beruhigend strebsamen Bäuchlein und den behäbig-breiten Gesichtszügen merkt man ihm die heitere Gutmütigkeit des Pfahlbürgers im ersten Augenblick an. Jeder Zoll an ihm scheint zu sagen: »Mei Ruah möcht i ham!«

Es wird mir eröffnet, daß ich mich einer kleinen Prüfung zu unterziehen hätte. »Nur der Form wegen,« fügt der Oberlehrer fast entschuldigend hinzu. Es sei eben Vorschrift, weil Gefangene, die noch nicht dreißig Jahre alt sind, den wöchentlichen Schulunterricht besuchen müßten. Bei Nachweis genügender Kenntnisse könne man von der Teilnahme entbunden werden.

Ein paar Fragen aus Geographie und Rechnen muß ich beantworten und nachdem ich noch bewiesen, daß ich in der Schule das Lesen gelernt habe, werde ich entlassen. Vom Schulunterricht bin ich befreit.

Die Aufnahmeformalitäten sind nun endlich alle erledigt und ich gehe wieder in meine Zelle mit dem niederdrückenden Bewußtsein: Jetzt bist du Zuchthausgefangener in aller Form. Zwar bist du nur auf Grund eines Fehlspruches haßerfüllter, politischer Gegner im Zuchthaus, aber doch im Zuchthaus, hinter dicken Mauern und vergitterten Fenstern.

Die Zelle

Von den rund fünfhundert Gefangenen der Strafanstalt sind nur ungefähr sechzig in Zellenhaft, alle übrigen sind in Gemeinschaftsräumen untergebracht.

Die ungewohnte, quälende Einsamkeit und Abgeschlossenheit der Zelle wirkt in den ersten Wochen bedrückend, fast beängstigend, und ich empfand sie anfangs als eine Art Strafverschärfung.

Später habe ich eingesehen, daß die Einzelhaft im Ebracher Zuchthaus in seelischer Hinsicht und in bezug auf Reinlichkeit einen Vorzug gegenüber der Gemeinschaftshaft bedeutet.

Die Zelle selbst ist durch nichts dazu angetan, daß man darin heimisch werden könnte.

Die Wände sind kahl und zwei Meter hoch mattgrün mit Ölfarbe gestrichen. Das obere Drittel und die Decke sind geweißt.

Einsam hängt an der einen Seitenwand ein Thermometer. Über dem Arbeitstisch ist ein kleiner, auf Pappe aufgezogener Wandkalender befestigt und darüber, nahe der Decke schaut der große Nazarener von einem schlichten Holzkreuz herunter. Sein Gesichtsausdruck ist so voll Wehmut, daß man glauben möchte, er traure über die haßerfüllte Menschheit, die die Lehre von Nächstenliebe und unbedingter Gewaltlosigkeit nicht verstehen will.

Der ganze Zellenraum ist vier Meter lang und zwei Meter breit. An der Schmalseite, also dem Fenster gegenüber, ist eine dicke Eichentür, die von zwei schweren Eisenriegeln und einem recht soliden Schloß versperrt wird. Das schnappende Geräusch des Öffnens und Schließens dieser Sicherheitsvorrichtungen klingt lange Zeit ganz vertrackt unangenehm in die Ohren. Mir gibt es jedesmal einen ordentlichen Riß, wenn die Riegel auf- oder zugeschlagen werden.

Dieses Geräusch gehört aber zu den »kleinen Ungemütlichkeiten«, an die man sich ebenso gewöhnen muß, wie an das unbehagliche Gefühl, daß jederzeit beobachtende Beamtenaugen durch den Spion schauen können, der in Blickhöhe inmitten der Tür angebracht ist.

Gewöhnen muß man sich auch an die unvermeidliche »Opferschale«, die Tag und Nacht auf ihrem Holzgestell hoheitsvoll und
blendend weiß in der Ecke thront. Sie wird, da Wasserspülung hier
ein unbekannter Luxus ist, jeden Morgen um halb sieben Uhr vor
die Tür gestellt, um vom »Hausknecht«[6] ausgeleert zu werden. Sie
ist das Widerlichste von allem in der Zelle. Man gewöhnt sich aber
auch an die »Opferschale«, wie man sich im Zuchthaus an so vieles
gewöhnen muß.

Aber ein anderes ist's doch mit den fünf senkrechten und zwei
wagrechten, dicken Eisenstäben, mit denen das quadratmetergroße
Fenster vergittert ist. An dieses eindringlich mahnende Symbol
verlorener Freiheit kann ich mich nicht gewöhnen.

Ich muß noch ein paar wichtige Inventarstücke meiner Zelle erwähnen.

Vor dem Tisch, über dem an dünner Kette eine elektrische Birne
mit grünem Schirm hängt, steht ein einfacher Holzschemel.

Ganz vorne beim Fenster, das fast zwei Meter über dem Steinfußboden beginnt, ist an der Längswand ein geräumiges Wandbrett mit
zwei Etagen angebracht. Dort steht eine ganze Garnitur blauer
Emailgefäße, Waschschüssel, Seifenbehälter, Wasserkrug und
Trinkbecher. Auch ein hölzernes Salzfäßchen und das »Schanzzeug«, bestehend aus Messer, Gabel und Löffel, findet sich vor.

Unter dem Wandbrett sind ein paar hölzerne Kleiderhaken. An
einem hängt ein Handtuch, am andern eine Schiefertafel. Ein Griffel
ist auch da. Das ist mein Schreibmaterial, mit dem ich mich begnügen muß. Papier und Tinte gibt's zunächst nicht.

An der Seitenwand des Wandbretts ist an einem Nagel ein weiß
überzogener, kleiner Pappkarton mit schwarzem Rand befestigt. Zu
lesen ist darauf mein Name, meine Grundbuchnummer, Strafzeit,
Datum des Strafbeginns und des Strafendes. Dann steht noch dort:

»Landesverrat §§...«

Die Ziffer des Landesverratsparagraphen ist merkwürdigerweise
nicht ausgefüllt.

---

[6] Ein Gefangener, der das Essen zu tragen und grobe Arbeiten zu verrichten hat.

So, wie man mich wegen Landesverrat verurteilt hat, läßt sich's allerdings durch keinen Paragraphen des Reichsstrafgesetzbuches rechtfertigen. Aber das wird wohl kaum der Grund für das Fehlen der Ziffern neben dem Paragraphenzeichen sein.

Gleich nebenan ist noch ein Nagel in die Wand eingeschlagen. Vier Broschüren sind dort an den durchlochten Ecken mit dünnem Bindfaden aufgehängt. Sie sind zum Teil schon alt und vergilbt.

Das ehrwürdigste Alter haben die Alkohol- und Tuberkulose-merkblätter. Sie geben noch Kunde von einem »Kaiserlichen« Gesundheitsamt. Die Republik hat noch nicht Zeit gefunden, sie zu erneuern.

In einem anderen Schriftchen ist das wichtigste über die Invaliden- und Hinterbliebenenversicherung zusammengetragen, während ein drittes Büchlein – »Spar-Merkblätter« – ein kurzer praktischer Wegweiser in der Kunst des Sparens sein will.

Das größte Interesse hatte ich für eine schwarz eingebundene Schrift, die »Vorschriften für Gefangene«. Die hab ich gleich am ersten Tag vom ersten bis zum letzten Buchstaben gelesen. Es waren ja die Regeln, in deren Rahmen sich mein Dasein in der nächsten Zeit abspielen sollte. Vieles ist da verboten, nur wenig erlaubt. Verboten ist es, aus dem Fenster zu schauen. Jede Verständigung mit anderen Gefangenen durch Sprechen, Schreiben oder Zeichengeben, auch während des einstündigen Spazierganges im Hof, ist untersagt. Gegenseitiges Schenken oder Annehmen von Geschenken und Tauschhandel ist verboten. Die Aufseher dürfen nicht angesprochen werden, es sei denn in einer die Arbeit betreffenden Angelegenheit. Singen, Pfeifen oder sonstige Erzeugung von Lärm und vieles andere noch ist verboten. Verboten, verboten und immer wieder verboten heißt es in jedem Abschnitt. Von frühmorgens bis zur Schlafenszeit ist dem Gefangenen jede Lebensäußerung vorgeschrieben und ein stachliger Zaun von Verboten engt ihn ein. Er hat bedingungslos zu gehorchen und sich unterzuordnen. Tut er's nicht, dann drohen ihm die für Verstöße gegen die Hausordnung angesetzten schweren »Hausstrafen« Kostabzug, Nachtlagerentzug, Arrest im Eisenkäfig, Dunkelarrest.

Beim Lesen der Vorschriften wurde mir zuweilen recht ungemütlich zumute.

Vom Geist des »modernen Strafvollzugs« fand ich nicht viel in dem Büchlein. Nur zum Schluß war ein Blatt nachträglich eingeklebt, das ein paar Vorschriften aus neuen Ministerialentschließungen enthielt, die ersten Anfänge des progressiven Strafvollzugs. Der Gefangene kommt hiernach zunächst in Stufe I, in der ihm keinerlei Vergünstigungen zustehen, kann aber bei guter Führung in eine höhere Stufe kommen. Dort hat er dann Anspruch auf eine Reihe von Vergünstigungen und Erleichterungen.

Erst im Frühjahr 1924 sind die veralteten Vorschriften durch neue ersetzt worden, die in Inhalt und Ton einen neuen, humaneren Geist ahnen lassen.

Bei Lektüre des schwarzen Büchleins merkte ich schon, daß es in diesem Haus noch manch bittere Pille zu schlucken gibt. Auch für mich. Aber jetzt hieß es nicht, sentimentale Betrachtungen anstellen, sondern die Zähne zusammenbeißen, sich mit den Tatsachen zunächst abfinden und den Glauben an den endgültigen Sieg des Rechtsgedankens nicht verlieren.

Ich kleistere, ich kleistere...

Der erste Tag, den ich in der Zelle zubrachte, war ein Sonntag, also arbeitsfrei. Ich konnte, soweit mir die vielen neuen Eindrücke die innere Ruhe dazu gelassen, mich mit Lesen beschäftigen. Es wurde aber nicht allzuviel daraus, obwohl man mir zwei dicke Bände Zeitschriften gab.

Das schwarze Büchlein mit den »Vorschriften für Gefangene« hat mir so viel Neues und Ungewohntes vermittelt, daß es mich fast den ganzen Tag nicht aus seinem Bann läßt. Auch was ich seit dem vergangenen Abend geschaut, gehört und erlebt habe, beschäftigt mich noch. Ich gehe in der Zelle auf und ab und überdenke immer wieder meine Lage.

Ich denke daran, daß ich nach dem schwarzen Büchlein fürs erste keine eigenen Bücher, keine andere Schreibgelegenheit als Schiefertafel und Griffel, keine Zeitung haben und nur alle drei Monate einen Brief schreiben darf. Auch der Briefempfang ist beschränkt. Alle Verbote, die in den Vorschriften für Gefangene aufgeführt sind, gehen mir durch den Kopf.

Der Gedanke an diese Einengung, an die fast völlige Abgeschlossenheit vom Leben lastet schwer auf mir, und ich überlege im Hin- und Hergehen die verschiedensten Möglichkeiten, Abhilfe zu schaffen. Dabei bin ich fest überzeugt, daß das furchtbare Volksgerichtsurteil über kurz oder lang aufgehoben werden muß, mein Aufenthalt im Zuchthaus also nur ein kurzes Warten auf die Freiheit sein kann. So vergeht der Tag in Grübeln und Sinnen.

Die Zelle wird von der Warmwasseranlage gut geheizt. Bis acht Uhr abends ist Licht. Ich klappe mein Bett herunter und schlafe nach der letzten schlaflosen Nacht wie ein Murmeltier.

Kleider, Schuhe und Eßbesteck müssen schon nach der Abendkost – am Sonntag um fünf, am Werktag um sechs Uhr – vor die Zellentür gelegt werden. Wie einen Peitschenhieb empfinde ich die tiefe Erniedrigung, die in dieser »Sicherheitsmaßnahme« liegt.

Nach meiner zweiten Nacht im Zuchthaus, kurz nachdem ich vom Oberlehrer wieder in die Zelle zurückkam, wird die Türe aufgesperrt und ich bekomme mein Arbeitsmaterial zum Tütenkleben.

Ein Wachtmeister unter Assistenz eines Gefangenen, des »Hausknechts«, weiht mich in die Geheimnisse meiner neuen Beschäftigung ein.

Zwei Stöße zugeschnittenes Papier, Kleistertopf und Pinsel werden auf meinen Tisch gestellt. Der Hausknecht gibt mir einen fertigen Tütensack als Muster und einige andere in verschieden halbfertigem Zustand, macht mir die zu erlernenden einfachen Handgriffe vor und erklärt mir den ganzen Arbeitsvorgang. Als Werkzeug dient ein Falzholz und als Hilfsmittel zum Umbrechen der Böden eine Schablone aus Lederpappe.

Der Beamte ermahnt mich, lieber weniger, dafür aber gute und saubere Arbeit zu liefern. Ich probiere das Kunststück nun selbst. Nach ein paar mißlungenen Versuchen bringe ich's zuwege und werde allein gelassen.

Nach der Mittagpause arbeite ich, nur durch die Hofstunde unterbrochen, bis zum Abend. Ich bin so eifrig bei der Sache, daß erst das Öffnen der Zellentür zur Abendkostabgabe mir das Ende der Arbeitszeit für diesen Tag zum Bewußtsein bringt.

Das Dütenkleben interessiert fürs erste, solange alles neu und ungewohnt ist. Es zwingt den Anfänger auch zur Aufmerksamkeit, er muß seine Gedanken auf die Arbeit konzentrieren und so merkt er kaum, wie die Zeit vergeht.

Aber das ist nicht lange so.

Schon nach ein paar Tagen werden einem die Handgriffe so geläufig, daß alles fast maschinenmäßig geht.

Ich mache ein Hundert gefütterter Kaffeedütensäcke nach dem andern für irgend eine Nürnberger Papierwarenfabrik, und dabei denke ich in abgerissenen Gedankenfetzen an alles, nur nicht an die gefütterten Kaffeedütensäcke, die ich Hundert um Hundert zusammenkleistere.

Bald, recht bald wird das Dütenkleben langweilig.

Immer wieder und wieder der gleiche Arbeitsvorgang. Kleister aufstreichen, Futter ankleben, das Ganze zur Hülse falzen, nochmals kleistern und kleben, Boden umbrechen und wieder kleistern. Und das wiederholt sich bei jeder Partie in gleicher, unerbittlicher Einförmigkeit.

Schließlich wird man von diesem ewigen Einerlei ganz stumpfsinnig. Obwohl die monotone Beschäftigung keinerlei geistige Kräfte in Anspruch nimmt, oder vielleicht gerade deshalb, erstickt sie doch alle Versuche, sich während der Arbeit mit irgendeinem zusammenhängenden Gedankenkomplex zu beschäftigen. Es ist ein entseeltes Hantieren mit Pinsel und Kleistertopf.

In der Zelle neben mir ist ein Maschinenstricker. Den ganzen Tag dringen die dumpfen Stöße der Strickmaschine durch die Zellenwand. Ich habe das Gefühl, als klopfe mir jemand mit einem stumpfen Instrument leise aber ohne Unterbrechung gegen die Schädeldecke.

Vor Jahren sagte mir einmal ein geistig regsamer junger Arbeiter, seine mechanische Beschäftigung in der Fabrik töte alles Denken bei der Arbeit. Ich meinte damals, dann sei er am Abend geistig ausgeruht und könne umso intensiver an Bildungsveranstaltungen teilnehmen.

Ich wurde eines anderen belehrt.

Er freute sich auf den Abend, der ihm Erholung von der Fron gönnte. Er kam mit frohem Eifer zu den Bildungskursen, brachte seinen unersättlichen Hunger nach Wissen mit und seinen besten Willen, wissenschaftlichen Darlegungen aufmerksam zu folgen, und doch empfand er, wie er mir sagte, zuweilen jeden Satz des Vortragenden wie einen schweren Hammerschlag gegen seinen Kopf. Dann hatte er Mühe, dagegen anzukämpfen, daß die Stumpfheit ihn nicht überwältigte, die er tagsüber bei der Arbeit auf sich lasten fühlte.

Jetzt erst verstehe ich ihn ganz.

Jetzt begreife ich, was maschinenmäßige Tätigkeit für den geistig geweckten Arbeiter in der Fabrik bedeuten muß. Jetzt weiß ich, wie das gleichmäßige Stampfen der Maschinen seine Nerven zermürben, wie die stete Wiederkehr gleicher, einförmiger Handgriffe ihn geistig abstumpfen muß, weil er kein inneres Verhältnis zu seiner Beschäftigung hat, weil der Arbeit die Seele fehlt.

Auch meine Dütenkleberei wirkt auf die Dauer durch ihre ewige Eintönigkeit und immerwährende Wiederholung mechanischer Handbewegungen geradezu geisttötend. Stunde reiht sich an Stunde, daraus werden Tage, die sich zu Wochen formen. Aber eine rollt so träge, einförmig und in einsamer Abgeschlossenheit hin, wie die andere. Man freut sich ordentlich, wenn es wieder eine neue Dütenart gibt, bei der man eine Zeitlang aufmerksam arbeiten muß, bis bei den Dütensäcken für Rauchtabak oder Teepackungen alles wieder genau so mechanisch geht, wie vorher bei den Kaffeedüten.

Nicht alle Gefangenen, aber doch manch andere auch, empfinden das Stumpfsinnige der Papierarbeit ebenso drückend. Ich sprach einmal später, als ich längst andere Beschäftigung hatte, mit einem Gefangenen darüber und bekam die etwas derb-drastische Antwort: »Am Abend greife ich mir an Kopf und Arsch, um festzustellen, ob mir noch nicht Schwanz und Hörner wachsen.«

*

Dreimal im Tag kann der Zellengefangene frisches Wasser bekommen; früh vor der Morgensuppe, am Vormittag und im Laufe des Nachmittags. Der Aufseher geht in Begleitung des Hausknechts von Zelle zu Zelle und fragt durch ein Klopfzeichen an die Tür. Wer Wasser verlangt, bekommt es. Ob ich frisches Wasser benötige oder nicht, ich verlange immer, nur damit durch das Zellenöffnen, das Ausgießen des alten und Einfüllen des frischen Wassers meine eintönige Kleisterarbeit unterbrochen und die im verschlossenen Raum lastende Einsamkeit für ein paar Augenblicke zerrissen wird.

Zuweilen fragt auch der Beamte beim Wassergeben etwas und daraus kann sich je nach Umständen ein kleines Gespräch entwickeln. Worüber, das ist ganz gleichgültig. Man hat sonst keine Gelegenheit, mit jemandem ein Wort zu wechseln, und in der Abgeschlossenheit der Zelle steigert sich das Bedürfnis, ein paar Worte zu sprechen und einen anderen Menschen sprechen zu hören.

Die einstündige Mittagszeit und die beiden Vesperpausen, am Vor- und Nachmittag je eine Viertelstunde, werden bis zur letzten Minute zum Lesen ausgenützt. Die kleine Bibliothek des Zellenbaus ist nicht sehr reichhaltig. Den Hauptbestand bilden illustrierte Familienzeitschriften, die von den Gefangenen sehr begehrt sind, aber wegen ihrer meist seichten und wirklichkeitsentrückten, oft abenteuerlichen Romane nicht gerade die empfehlenswerteste Lektüre für Strafgefangene bilden. Eine Anzahl Romane und Erzählungen, populärwissenschaftliche Bücher – meist Naturwissenschaften – und ein paar Reisebeschreibungen sind zu haben. Ein unvollständiger Bestand deutscher Klassiker ist besonders verschlossen. Man bekommt sie nur auf ausdrückliches Verlangen. Sie waren damals meine Hauptlektüre.

Während ich am Vormittag tapfer Düten kleistere, zähle ich die Stunden bis zur Mittagspause, die ich in Gesellschaft von Büchern verbringe. Und am Nachmittag warte ich auf den sechsten Glockenschlag, der den Beginn der arbeitsfreien Abendstunden anzeigt. Dann habe ich bis acht Uhr Licht und kann wieder zu meinen Büchern, die gerade in der Einsamkeit die besten Freunde sind, »die immer Antwort geben, wenn man sie fragt und nur sprechen, wenn man sie hören will«.

Ich sitze vor den Büchern am Tisch, ohne Kleider und Schuhe. Die bringen die Nacht vor der Türe zu. Die großen Denker und Dichter verlieren zwar nicht im geringsten an Wert, wenn man sie in enger Zelle liest und nur mit Pantoffeln, Unterhose, Hemd und Socken bekleidet ist, aber eine Annehmlichkeit ist dieses Negligé deshalb doch nicht.

Zuweilen habe ich am Abend laut gelesen, um die Sprache nicht ganz zu verlieren und den Klang einer menschlichen Stimme zu hören. Das ging eine Zeitlang, bis eines Abends der Nachtwächter aufmerksam wurde, an meine Zelle klopfte und mich den unerwünschten Klang *seiner* Stimme vernehmen ließ, die mir das laute Lesen verbot.

*

Der Anstaltsdirektor besucht jeden Monat einmal die Gefangenen in Einzelhaft und fragt, ob sie etwas vorzubringen hätten. Wie er das erste Mal in meine Zelle kommt, bitte ich um eine weniger monotone Arbeit, vielleicht Schneiderei.

Meine Bitte wird abgelehnt.

»Sie bleiben bei dieser Arbeit! Ich weiß sehr wohl, warum ich *Sie* gerade der Papierarbeit zugeteilt habe.«

Eisig, fast feindlich abweisend hat er das hingeworfen.

Es bleibt also bei der Dütenkleberei!

Und der Direktor sagt, daß er mich mit Vorbedacht zu dieser stumpfsinnigen Arbeit mit Pinsel und Kleistertopf bestimmt hat.

Warum wohl?

Ich kann keinen vernünftigen Grund dafür finden. Aber als Zuchthausgefangener habe ich zu gehorchen. Arbeitsverweigerung würde Arrest zur Folge haben, und mir graut schon, wenn ich an die Zelle mit dem Eisenkäfig auch nur denke. Ich mache also gute Miene zum bösen Spiel und kleistere weiter Düten zusammen. Hundert um Hundert, Tausend um Tausend.

Trotz alledem, Kopf hoch!

Man muß versuchen, jedem Ding die beste Seite abzugewinnen und darf vor allem den inneren Frohsinn nicht verlieren. Und man kann's, man muß nur daran glauben!

Ich denke in meiner vergitterten Zelle an schönere, freiere Tage, greife wieder zum Pinsel und kleistere und kleistere...

Rapport

In der ersten Woche meines Aufenthalts im Zuchthaus machte der Oberlehrer seinen monatlichen Zellenbesuch. Diese Besuche bei den Gefangenen in Einzelhaft, die auch vom Direktor und vom Arzt gemacht werden, sollen Möglichkeiten zu einer Aussprache sein und das Vertrauen der Gefangenen zu den leitenden Beamten fördern. Man merkt aber von dieser Zwecksetzung nur recht wenig. Der Oberlehrer, der die sechzig Zellen meist in einer einzigen Stunde absolviert, besuchte auch mich allmonatlich. Anfangs wollte er überhaupt nicht in meine Zelle und hat sie auch in den ersten Monaten fast stets übergangen. Aber das erste Mal wußte der Aufseher von solcher menschenfreundlichen Absicht nichts und der Oberlehrer konnte nicht mehr ausweichen.

Er sagt mir guten Tag, erkundigt sich nach meinem Befinden und fragt dann:

»Wie lange sind Sie schon da?«

»Sechs Tage.«

Er zieht sich nach der Tür zurück und murmelt noch:

»Ja, ja, wie die Zeit vergeht!«

Und fort ist er auch schon. Ich kann meine Absicht, ihn zu fragen, ob ich mir eigene Bücher schicken lassen darf, nicht mehr ausführen. Ein Beamter rät mir auf meine Erkundigung, ich solle mich in dieser Angelegenheit zum Bitt-Rapport melden.

Jeder Gefangene hat das Recht, sich mit Bitten und Beschwerden an den Direktor zu wenden. Er muß sich an einem hierfür bestimmten Tag in der Woche frühmorgens nach dem Herausstellen der »Opferschale« beim Abteilungswachtmeister zum Rapport melden und wird am nächsten Tag mit den übrigen Gefangenen, die sich gemeldet haben, zum Direktor geführt. Nur in dringenden Fällen kann man sich zu einem anderen Termin melden. Tut man das wegen einer nicht dringenden Sache, läuft man Gefahr, bestraft zu werden. Die Entscheidung darüber, ob eine Angelegenheit als dringend oder nicht dringend zu erachten ist, liegt im Ermessen des Direktors.

Ich habe von der schroffen Ablehnung meiner Bitte um eine andere Arbeit einstweilen genug und melde mich erst lange Zeit später zum Rapport, um zu versuchen, eine Zeitung, eigene Bücher und Tinte und Feder zu bekommen.

Mit den übrigen Gefangenen, die zum Rapport gehen, werde ich vom Zellenbau durch den Gemüsegarten in das Hauptgebäude geführt. Ich habe schon bei früheren Gelegenheiten gemerkt, daß die Unterbeamten besonders strenge Weisungen in bezug auf mich von »oben« haben müssen. Jetzt kann ich's wieder beobachten. Ich werde aus der Reihe der übrigen Gefangenen, die paarweise gehen, herausgenommen und muß in einem kleinen Abstand hinter ihnen gehen. Ein Wachtmeister bleibt dicht neben mir, damit ich – was ja ohnehin verboten ist – mit keinem Gefangenen ein Wort sprechen kann.

Auf einem kalten Gang in der Nähe des Rapportzimmers müssen wir, in Doppelreihe aufgestellt, warten. Jeder Gefangene wird von einem Beamten abgestreift, ob er irgendwelche Instrumente, die als Schlag- oder Stichwaffe dienen können, bei sich trägt.

Ich werde gerufen.

Nach dem Eintritt ins Zimmer sage ich vorschriftsmäßig Namen und Nummer. Ich stehe wie ein Rekrut vor dem Vorgesetzten. So wird's verlangt.

Barsch werde ich gefragt:

»Was wollen Sie?«

»Ich bitte Herrn Oberregierungsrat um die Erlaubnis, eine Zeitung halten zu dürfen.«

»Das gibt's nicht!« ist die schroffe Antwort.

Ich nehme noch einmal einen Anlauf und frage, ob ich Schreibmaterial und eigene Bücher haben darf.

»Können Sie nicht bekommen!«

Die Antwort ist ebenso hart und abweisend wie die Ablehnung der Zeitung.

Ich bin ein wenig kleinlaut geworden, versuche aber doch dem Direktor klar zu machen, daß es sich bei mir um einen besonders gelagerten politischen Fall handelt. Es müsse doch da eine Möglichkeit geben, den Strafvollzug in individueller Handhabung für mich milder zu gestalten, zumal man das Fehlurteil des Volksgerichts ja bald aufheben und mich freilassen müsse.

Da komme ich aber schön an. Das Gesicht des Direktors wird hochrot. Ich merke deutlich, daß er mit seinem Jähzorn kämpft und sich zu beherrschen versucht. Aber es klingt doch scharf, als er mir sagt:

»Sie sind nicht in Festungshaft. Ich kenne keinen besonders gelagerten politischen Fall Fechenbach. Hier gibt's überhaupt keine politischen Gefangenen. Sie sind Zuchthausgefangener, wie jeder andere; der Hausordnung haben auch Sie sich zu fügen, Ausnahmen gibt's nicht. Im übrigen sage ich Ihnen – dabei steigert sich seine Stimme – daß Sie mindestens sieben bis acht Jahre im Zuchthaus bleiben müssen, und wenn Sie sich gut führen, kann Ihnen der Rest der Strafe auf Bewährungsfrist erlassen werden. Muß ich Sie aber auch nur ein einziges Mal bestrafen, dann garantiere ich Ihnen dafür, daß Sie auch die restlichen drei oder vier Jahre bis zum letzten Augenblick machen müssen. Ich rate Ihnen, gewöhnen Sie sich an diesen Gedanken!«

In mir ist alles helle Empörung. Ich sage mit scharfer Betonung:

»Das kann ich nicht, Herr Oberregierungsrat!«

Jetzt konnte er sich nicht länger beherrschen und in der typischen Art des Cholerikers fährt er mich in überlautem Ton an:

»Ich verbitte mir derartige zynische und ironische Bemerkungen. Das können Sie draußen als Sekretär Kurt Eisners oder in sozialdemokratischen Agitationsversammlungen. Hier sind Sie Zuchthausgefangener und haben zu schweigen, wenn Sie nicht gefragt sind!«

Ein peinliches Schweigen liegt über dem Raum. Der Direktor schnaubt aufgeregt. Ich beiße die Zähne zusammen, presse die Lippen aufeinander, um nicht eine Antwort zu geben, die mich in den Arrest bringt. Meine Hände sind in ohnmächtiger Wut geballt.

Der Hausverwalter, der dabei steht und seinen Direktor kennt, weiß, daß jedes weitere Wort von mir eine Katastrophe auslösen muß. Er winkt mir heimlich und ungeduldig, das Zimmer zu verlassen.

Ich mache wortlos kehrt und gehe. Am ganzen Körper zittere ich vor innerer Erregung.

Während die übrigen Gefangenen warten, bis alle vom Zellenbau vorgenommen sind, um dann wieder gemeinsam in die Zellen geführt zu werden, bringt mich ein Beamter sofort allein zurück. Ich werde den Eindruck nicht los, daß der Strafanstaltsdirektor so etwas wie eine politische »Infizierung« der übrigen Gefangenen befürchtet, sie verhindern will und mich deshalb so ängstlich absondern läßt.

Zuweilen werden Gefangene auch auf Weisung des Direktors zum Rapport geholt. Das ist dann der Fall, wenn eine Meldung von einem Beamten gegen sie vorliegt. Sie kommen dann zum Strafrapport oder »auf den Zwick«, wie es im Zuchthaus-Rotwälsch heißt, weil man dort »gezwickt«, das heißt bestraft wird. Hat der Direktor einem Gefangenen eine Mitteilung zu machen, dann wird er zum Tagesrapport geholt. Das passierte mir recht oft. Meist handelte es sich darum, daß ein Brief an mich gekommen war, der mir nicht ausgehändigt wurde, weil er nicht von den »nächsten Angehörigen« – Eltern und Geschwistern – war. Ich habe nach meiner Entlassung feststellen können, daß es sich dabei um Briefe von Freunden und Verwandten handelte, in denen nur harmloseste persönliche Mitteilungen standen. Manchmal wurde ich zum Tagesrapport geholt, weil in einem Brief meines Bruders, der mir sehr oft schrieb, »ungeeignete« Nachrichten enthalten waren. Der Brief wurde mir dann nicht ausgehändigt, sondern nur vorgelesen und zwar unter Auslassung der »gefährlichen« Stellen. Das kam öfter vor. Es ist ja so schwer für die Menschen »draußen«, herauszufühlen, was ein Zuchthausdirektor für »ungeeignet« hält.

Aber selbst bei einem Brief meines Rechtsanwalts passierte es einmal, daß ich nur einen Teil seines Inhalts erfuhr. Es war einige Zeit nach der Interpellationsdebatte über meinen Fall im Bayerischen Landtag. In dem Brief wurde über diese Debatte und über die Diskussion in der Öffentlichkeit knapp berichtet. Einige Sätze schienen dem Direktor so »ungeeignet«, daß er sie beim Vorlesen des Briefes ausließ. Er sagte mir dabei, daß er hier Mitteilungen übergehe, die er mir nicht eröffnen könne. Da der Herr Direktor die Freundlichkeit hatte, die »ungeeigneten« Stellen des Briefes mit Bleistift anzuzeichnen und mir der Brief mit den anderen beanstandeten Briefen bei meiner Entlassung ausgehändigt wurde, weiß ich heute, daß mir gerade diejenigen Briefstellen nicht mitgeteilt worden sind, die mich darüber beruhigen sollten, daß in der Öffentlichkeit ein sehr lebhafter Kampf um die Wiederherstellung meines Rechts im Gange ist.

Einige kleine Zeitungsausschnitte sind ebenfalls zurückbehalten worden. Auf meine Bitte wurde die Aufsichtsbehörde – der Oberstaatsanwalt in Bamberg – darüber befragt, ob er die Aushändigung nicht genehmigen wolle. Bei dieser Gelegenheit ersuchte ich auch darum, die Entscheidung des Oberstaatsanwalts darüber einzuholen, ob ich für den Fall meiner Überführung in Stufe II eigene Bücher, eine Zeitung und Schreibmaterial bekommen dürfe. Das alles hatte mir der Direktor in einer üblen Stimmung auch für die Stufe II abgelehnt.

Nach zwei Tagen werde ich wieder ins Rapportzimmer gerufen. Der Direktor, der am Tag vorher in Bamberg war, teilt mir mit, daß der Oberstaatsanwalt in bezug auf die »ungeeigneten« Briefstellen und die Zeitungsausschnitte den mir bereits mitgeteilten Standpunkt gutheiße. Das Gesicht des Direktors zeigt unverkennbare Befriedigung.

»Solange ich hier Direktor bin, der jetzige Oberstaatsanwalt im Amt ist und der gegenwärtige Kurs im bayerischen Justizministerium herrscht, bekommen Sie *so etwas* nicht ausgehändigt!«

Da war also nichts zu machen.

Aber in der Frage Schreibgelegenheit, Zeitung und eigene Bücher hatte ich Erfolg. In wesentlich gemäßigterem Ton teilt mir der Direktor mit, daß mir nach Meinung des Oberstaatsanwalts diese Erleichterungen gewährt werden können, sobald ich in Stufe II aufrücken werde.

Aber vorerst bin ich noch in Stufe I und habe die Befürchtung, daß ich so schnell nicht in Stufe II aufrücken werde.

Briefe durfte ich alle drei Monate, jedoch nur an meine nächsten Angehörigen, schreiben. Nur wenn sich in der Zwischenzeit eine besondere Notwendigkeit ergab, wurde mir vorher ein Brief genehmigt. Das war einigemal der Fall, weil ich mir wiederholt Geld für Zahnbehandlung schicken lassen mußte. Wegen all dieser Dinge muß man zum Rapport gehen.

Einmal ersuchte ich darum, öfter Briefe schreiben zu dürfen. Ich hatte das Glück, daß der Direktor gut aufgelegt war. An solchen Tagen, an denen bei ihm eine gewisse naive Gutmütigkeit zum Vorschein kam, konnte einem manche Bitte genehmigt werden, die an einem anderen Tag, wenn der Direktor »grantig« war – wie die Beamten sagten – abgelehnt wurde. Er sagte mir zu, daß er mir ausnahmsweise bis auf weiteres alle sechs Wochen erlauben wolle, einen Brief zu schreiben. Ich bedankte mich und ging.

Nach sechs Wochen gehe ich zum Rapport und bitte, den versprochenen Brief schreiben zu dürfen. Die Bitte wird barsch abgelehnt. Ich erinnere an das gegebene Versprechen. Da bekomme ich die merkwürdige Antwort:

»Ja, damals lagen die Dinge noch anders. Ich habe inzwischen ganz besondere Weisungen in bezug auf Sie und Ihre Korrespondenz von einer Münchener Stelle bekommen und kann Sie hausordnungsgemäß nur alle drei Monate schreiben lassen.«

Ich konnte mir das zunächst nicht erklären. Später erfuhr ich durch Zufall, daß alle meine Briefe in Abschrift an die Staatsanwaltschaft beim Landgericht München I geschickt werden. Der Grund für diese überflüssige Schreibarbeit ist mir bis heute nicht bekannt geworden.

Bilder vom Spazierhof

Ein enger Hof. Der düstre Zellenbau mit kleinen Gitterfenstern und drei tote, graue Mauern schließen ihn ein.

Ein Weg schlingt sich oval um eine Rasenfläche. Auf schmalem Streifen sind Blumen angepflanzt.

An der Südwand steht ein Aufseher. An der Nordseite ein zweiter.

Zuchthausgefangene in Sträflingskleidung gehen mit schweren Schritten im Kreis. Einer hinter dem andern gehen sie. Drei Schritte Abstand. Sprechen ist verboten.

Wenn es warm ist, gehen sie langsam. Das Tempo wird rascher, wie das Thermometer fällt.

Über die Mauer weg können sie ein paar Bäume sehen, die auf naher Höhe wachsen. Das ist alles.

Wieviel Jammer und Elend tragen sie mit sich herum?

Warum die wohl alle da sind, im Haus der Freudlosen?

In den Akten steht's. Kalte, harte Worte stehen dort, wie in den Gesetzbüchern: Diebstahl, Einbruch, Raub, Totschlag, Mord, Raubmord ...

Aber was alles war, bis es dahin kam, das steht nicht in den Akten.

Nichts steht darin von der »Ordnung«, die das Elend züchtet, aus dem die schlimme Tat wächst.

Nichts von den Selbstgerechten, deren Bauch gedeiht, wenn andere hungern.

Nichts von den Besuchern der »Armenbälle«, die jeden Tag das hohläugige Elend an sich vorbeischleichen sehen ohne zu helfen.

Nichts von denen, die Strauchelnde fallen ließen, die Sinkende niedertraten, statt die Hand zu reichen zur Hilfe.

Nichts! Nichts! Nichts von alledem!

Nur Paragraphen und Buchstaben; kalte, harte, tote Buchstaben...

Eine Stunde täglich sind die Gefangenen im Hof. Dann gehen sie zurück in vergitterte Zellen an ihre Arbeit.

Und morgen machen sie wieder die Runde im engen Hof zwischen grauen Mauern...

*

Ein warmer Sommertag. Der Spazierhof liegt zur Hälfte in goldigem Sonnenschein. Die eine Mauer wirft kühlen Schatten.

Sträflinge machen ihren Rundgang im Gänsemarsch. Aus pergamentenen Gesichtern brennen hohle Augen. Schweigsam, in sich gekehrt trotten sie im Kreis.

Alle haben den Hof schon ausgemessen. Wie oft! Sie wissen, daß sie hundert Schritte zu jeder Runde brauchen.

Wenn sie auf die Sonnenseite kommen, recken sie sich, dehnen die Brust weit und atmen tief.

Würziger Heuduft kommt von draußen über die Mauer.

Mitten im Hof, auf einer Grasfläche, stehen zwei Büsche Mohn. Roter Gartenmohn.

Die Gefangenen wissen vom Vorjahr, wie schön er blüht. Sie warten seit Tagen, daß die schwellenden Knospenknollen platzen und die rote Pracht herausquillt.

Heute ist das Wunder geschehen. Über Nacht.

Große, flammend rote Blumen glühen in der Sonne.

Wenn ein linder Lufthauch drüber streicht, ist's wie züngelndes Feuer.

Und die Gefangenen gehen im Kreis und haben im Haus der Freudlosen gefunden, woran sie sich freuen ...

Hell aufleuchtet der Mohn im Strahl der Sonne.

Scharf ist der Kontrast zum Grau der Mauer.

Deutlich wird's jetzt: Das Graue ist das Tote. Die rote Glut ist die Farbe des Lebens, ein jubelndes Fanal des Lebens!

Hoch aufstreben die schlanken Stengel des Mohns, als wollten sie das Leben hinausheben über das tote Grau, das ringsum lastet.

Eintönig klingen die Schritte im Kreis.

Wie leere Augen glotzen vergitterte Fenster ins Weite.

Vier tote Mauern engen den Raum und roter Mohn glüht in der Sonne.

Ein jubelndes Fanal des Lebens!

*

Wolkenloser Himmel blaut über dem Spazierhof. In die laue Stille schallen rundgehende Schritte der Gefangenen.

Hohle Augen schauen mit leerem Blick zu Boden oder dem Vordermann auf den Rücken.

Einer hebt die Augen ins Blaue.

Hoch oben sieht er ein paar Bussarde schweben. Die kreisen majestätisch umeinander.

Unten im Hof werden die andern durch das Schauen des einen aufmerksam, bis sie alle die schwebenden Vögel sehen.

Im Rundgehen verfolgen sie das Spiel der Bussarde, den Kopf weit zurückgeneigt.

Die Augen bekommen Glanz, der leere Blick belebt sich.

Gedanken werden wach und huschen unsichtbar von einem zum andern. Gedanken voll Sehnsucht, frei zu werden von der drückenden Enge.

So frei wie die schwebenden Vögel da oben ...

Die Bussarde sind nicht mehr zu sehen. Sie haben sich irgendwo niedergelassen.

Und im grau ummauerten Hof schauen hohle Augen wieder mit leerem Blick zu Boden oder dem Vordermann auf den Rücken.

Aber die Sehnsucht bleibt. Die brennende Sehnsucht, frei zu werden von der drückenden Enge.

So frei, wie die schwebenden Vögel...

Mit Nadel und Faden

Der Mensch ist ein Gesellschaftstier und ich war Zeit meines Lebens kein Einsiedler. Vielleicht ist es ein Mangel, immer Gemeinschaft zu suchen, sich nicht selbst genügen zu können. Aber in mir war der Trieb zur Geselligkeit schon sehr lebhaft, als ich noch ein ganz kleiner Knirps war. Ich warf damals das schönste Spielzeug in die Ecke, wenn ich zusammen mit anderen Buben »Gäulerles«, »Eisenbahnerles« oder sonst irgend ein gemeinsames Spiel inszenieren konnte.

Die mir innewohnende Neigung zur Gemeinschaft, sei's als Kind beim Spiel, sei's später im Leben und Schaffen, machte mich auch frühzeitig empfänglich für soziales Denken. Und als ich dann nach Jahren in der sozialistischen Bewegung Wurzel gefaßt hatte, war mein ganzes Wesen bald darauf eingestellt, in steter Beziehung mit gleichgesinnten Gefährten zu leben, für die große Gemeinschaftsidee zu wirken, die ich als wahr erkannt und die ich *glaube* mit der ganzen Leidenschaft meiner Seele.

Beschaulich in der Ecke zu sitzen lag mir nie. Eine innere Kraft trieb mich zu Aktivität. Die »Pflicht« des Parteiangehörigen, dies oder das für die erwählte Sache zu tun, kannte ich nicht. Mir war der Dienst für das Ideal, mochte er nun Kleines oder Großes erfordern, innere Notwendigkeit, Erfüllung eigenen Wollens. So wirkte und warb ich, gemeinsam mit anderen, für den großen Menschheitsgedanken, der mir inneres Erleben geworden. Und deshalb – so habe ich es immer empfunden – deshalb bin ich im Zuchthaus.

Bei solcher Mentalität empfindet man die erzwungene Einsamkeit in der Zelle hart. Doppelt hart, wo sich das Bewußtsein gesellt: du bist hinter Gittern wegen eines Verbrechens, das du nicht begangen.

*

Sechs Monate lang mußte ich mich mit der öden Dütenkleberei abquälen. Dann wurde die Arbeit knapp und blieb schließlich Ende April 1923 ganz aus. Die Nürnberger Papierwarenfabrik, für die im Zuchthaus gearbeitet wurde, schickte kein Material mehr. Nur diesem Umstand hatte ich es zu danken, daß ich eine andere Beschäftigung bekam. Sonst hätte ich, wer weiß wie lange noch, Dütensäcke zusammenkleistern müssen.

Ich wurde Schneider.

Das Hantieren mit »Nadel und Faden und Fingerhut und der verrosteten Scheer« war schon etwas Unterhaltsameres, als die Arbeit mit Pinsel und Kleistertopf. Auch ein Satz, der in den »Vorschriften für Gefangene« über die Arbeit zu lesen war, hatte hier mehr Berechtigung, als in bezug auf das Dütenkleben. In den Vorschriften wird dem Gefangenen nämlich gesagt: »Die Arbeit soll eine Wohltat für dich sein und dir deine Strafhaft erträglicher machen ...«

Ich bekam einen ordentlichen Respekt vor dem vielgelästerten Schneiderhandwerk, obwohl ich in seine Geheimnisse nicht gar tief eingedrungen bin. Ehrlich gesagt, ein ordentlicher Schneidergeselle würde mich nicht als Zunftkollegen anerkennen. Ich glaube, selbst der jüngste Lehrling möchte die Nase rümpfen, wenn ich mich mit gekreuzten Beinen neben ihn auf den Schneidertisch setzen wollte. Der Geselle und der Lehrling, sie hätten beide ganz recht. Denn abgesehen von meiner Schneidergestalt habe und kann ich herzlich wenig von dem, was zum ehrsamen Schneiderhandwerk gehört.

Es ist eigentlich eine Überheblichkeit von mir, zu sagen, ich sei Schneider geworden. Aber zur »Schneiderei« gehört im Zuchthaus alles, was mit Nadel und Faden arbeitet. In Wirklichkeit war ich nur ein simpler Wäschenäher für Gefangenenwäsche. Und selbst bei dieser Arbeit wurde ein Teil von anderen mit der Maschine genäht, und ich mußte nur vorher die einzelnen Teile richtig zusammenheften. Aber einen Knopf schneidergerecht anzunähen, Wäscheknopflöcher anfertigen, Hinterstiche, Heft- und Säumstiche zu machen, das habe ich doch gelernt. Das war aber auch alles. Da wurden Arbeitsschürzen, Taschentücher und Handtücher gesäumt und Unterhosen und Hemden genäht und mit Knopflöchern und Knöpfen versehen. Alle paar Wochen gab es andere Arbeit. Das war eine gewisse Annehmlichkeit und bracht ein wenig Abwechslung in die »Schneiderei«.

In die Finger hab ich mich anfangs oft genug gestochen und meine ersten Leistungen mögen wohl auch nicht gerade mustergültig gewesen sein. Der Oberwachtmeister, der mich anlernte, war diensttuender Beamter auf der Abteilung, in der meine Zelle lag. Er war ein kleiner lebhafter Mann mit einem schon ins Graue spielenden Schnauzbart. Bei der Arbeit mußte er die Brille aufsetzen. Wenn alles seine gewohnte Ordnung ging und die Gefangenen keine Schwierigkeiten machten, war ein gutes Auskommen mit ihm. Wenn er aber glaubte, daß ein Gefangener »boshaft« sei, oder wenn er sich sonst ärgerte, dann kam er leicht ins Kochen und konnte zuweilen recht nahrhaft schimpfen. Aber auf den »Zwick« hat er Gefangene im allgemeinen nur gebracht, wenn seine eigenen Ermahnungen und nachdrücklichen Zurechtweisungen den Gefangenen nicht veranlassen konnten, sich in die Ordnung zu fügen. Im ganzen kann man von ihm wohl sagen: »Wie man in den Wald hineinruft, so schallt's heraus«.

Er macht schon über fünfundzwanzig Jahre Dienst im Zuchthaus und hat eine reiche Erfahrung. Er wußte, daß die Leute von der Feder nicht über Nacht gewandte Meister von der Elle werden und legte bei mir ein größeres Maß von Geduld beim Anlernen an den Tag, als vielleicht sonst seiner Gewohnheit entsprechen mochte. Aber schließlich ist selbst aus einem politischen Tagesschriftsteller ein Wäschenäher zu machen, der den Anforderungen eines Zuchthauses genügt und ich brachte es denn auch zu der gleichen Leistung, wie die übrigen »Schneider« der Strafanstalt.

*

In den letzten Jahren, die ich in München zugebracht hatte, war ich wiederholt Ohrenzeuge von Landtagsverhandlungen, die Zustände in anderen bayrischen Strafanstalten zum Gegenstand hatten. Von daher blieb mir ein nicht sehr schmeichelhaftes Vorurteil gegen Strafvollstreckungsbeamte. Recht viel Gutes habe ich von ihnen nicht erwartet. Umso erfreulicher war mir die Enttäuschung, die ich in diesem Punkt erlebte.

Den Typ des schlüsselbundrasselnden »Kerkermeisters«, wie er wohl vereinzelt vorkommen mag, und wie ich ihn, offen gestanden, selbst fürchtete, habe ich bei den Unterbeamten nirgends kennen gelernt. Sie sahen in mir – das fühlte ich deutlich – nicht den »Verbrecher«, wie ihn das Volksgerichtsurteil künstlich konstruiert hat, sondern den Menschen, der für seine politische Überzeugung vor Gericht kam. Einzelne haben mir das auch ganz unumwunden gesagt. Sie vermieden jede unnötige Härte gegen mich, nahmen Rücksicht, wo es die Dienstvorschriften irgend erlaubten, und ich kann mit gutem Gewissen sagen, keiner hat mir gegenüber je ein hartes Wort gebraucht. Ganz besonders aber freue ich mich, darüber hinaus heute sagen zu können, daß ich von verschiedenen Unterbeamten, besonders in der späteren Zeit, *manchen Beweis schöner Menschlichkeit* bekam. Das empfindet man im Zuchthaus doppelt dankbar und es entschädigt für vieles.

Die Beamten machen in Strafanstalten oftmals recht schlimme Erfahrungen. Das macht sie mißtrauisch gegen jeden Gefangenen. Der gewiß nicht beneidenswerte, jahrzehntelange Sicherheitsdienst im Zuchthaus ist nicht nur eine Nervenbelastung, er stumpft auch ab und macht manchen Beamten unempfindlich gegen das Leiden der Gefangenen. Und es tut in unserer Zeit verwilderter Sitten ganz unsagbar gut, trotz alledem im Zuchthaus das gesunde Menschlichkeitsempfinden, das zutiefst im Volke wurzelt, da und dort noch lebendig zu finden.

Mit der kurzen Skizzierung der Behandlung, die ich persönlich erfahren, möchte ich aber keineswegs behaupten, daß das rücksichtsvolle Verhalten der Unterbeamten gegen mich auch den übrigen Gefangenen gegenüber ganz allgemein Regel gewesen wäre. Leider war es das nicht.

Im Gegenteil.

Zuweilen ging es sogar recht laut und derb zu und ich konnte gar manchmal feststellen, daß es auch Beamte in der Anstalt gibt, die im Gefangenen nur den Verbrecher sehen, dem sie Fähigkeit und Willen absprechen, wieder zu dem aufzusteigen, was in den Vorschriften für Gefangene bezeichnet ist: als ein Mensch, der sich dem großen staatlichen und gesellschaftlichen Ganzen einordnet und »ihm als brauchbares Glied dienen und nützen soll«. Der Strafvollzug will doch auch den »sittlichen Willen und das Ehrgefühl des Gefangenen wecken und starten«. Aber gerade dagegen wird von unteren und oberen Beamten vielfach gesündigt, weil sie im Gefangenen zu sehr das sehen, was er *war*, oder das, was sie glauben, das er war. Sie sehen aber viel zu wenig den Menschen im Gefangenen, der er jetzt und künftig *sein* und *werden will*. Das, in Verbindung mit weitgehendem Verständnis für die sozialen und wirtschaftlichen Verhältnisse, aus denen der Gefangene kommt, ist aber gerade notwendig, wenn man ihm den Weg ebnen und die Hand reichen will, daß er die sittliche Kraft in sich wecken und zum Menschtum zurückfinden kann. Dazu gehört aber vor allem, daß die Strafvollzugsbeamten vom jüngsten Wachtmeister bis zum Direktor durch ihr *Verhalten* ihren Glauben an den inneren Menschen des Gefangenen bekunden, damit dieser selbst ihn wiederfindet.

*

Briefe bekam ich in dieser Zeit wenig. Der erste Brief war von meinen Eltern. Sie teilten mir mit, daß mein damals dreiundsechzigjähriger Vater kurz nach meiner Einlieferung ins Zuchthaus in E-brach war, um mich zu besuchen. Obwohl er einen ganzen Tag zur Hin- und Rückreise aufwenden mußte, sei er aber abgewiesen worden, weil ich nach der Hausordnung nur alle drei Monate Besuch empfangen dürfe. Der erste Besuch könne aber erst ein Vierteljahr nach Strafantritt genehmigt werden.

Briefe, die nicht von meinen Eltern und Brüdern oder von meinem Anwalt waren, wurden mir damals, wieder nach der Hausordnung, mit der alle unangenehmen Dinge zu rechtfertigen sind, nicht ausgehändigt. Kamen Briefe von Freunden oder mir sonst nahestehenden Menschen, dann teilte man mir nur Name und Wohnort des Absenders mit, die Briefe selbst aber wurden zum Akt gelegt, ohne daß ich von ihrem Inhalt Kenntnis bekam. Das war recht bitter und wirkte auch verbitternd. Aber es war nichts dagegen zu tun. Im Wege stand mir hier, wie bei vielen anderen Dingen, die verflixte Hausordnung, die zu jener Zeit noch nach dem Buchstaben gegen mich angewandt wurde.

Eine Tageszeitung bekam ich nicht. So waren Briefe das einzige Mittel, das die Verbindung mit der Welt »draußen« aufrecht erhalten konnte. Was unter solchen Umständen ein ankommender Brief für den Zellengefangenen bedeutet, kann man sich außerhalb der Zuchthausmauern nur schwer vorstellen. Mit Sehnsucht wartet man auf den Tag, an dem Post ausgeteilt wird. Geht man dabei leer aus, dann ist's, wie wenn einem ein schweres, persönliches Unrecht geschehen sei. Gerade, weil man sich auf diesen Tag so sehr gefreut hat, wirkt die Enttäuschung um so stärker und die Stimmung für den ganzen Tag ist verpfuscht.

Da die ankommende und abgehende Korrespondenz der Gefangenen eine Zensur passieren muß, sind alle Briefschreiber »draußen« sehr zurückhaltend in ihren Mitteilungen, weil sie nicht Gefahr laufen wollen, daß ihr Brief wegen einer »ungeeigneten« Nachricht nicht ausgehändigt wird. Bei der politischen, staatlichen und justizpolitischen Eigenart Bayerns und der ewigen politischen Spannung, die innerhalb der weißblauen Grenzpfähle gerade damals wieder einmal besonders in Erscheinung trat, glaubten die Briefschreiber, daß die harmloseste politische Mitteilung mißverständlich zensuriert und der Brief mir nicht übergeben würde. So merkt man fast allen Briefen an, daß nur ein Teil von dem darin steht, was eigentlich geschrieben werden wollte. Jeder Brief, obwohl ganz, ist so doch nur Torso.

So wie ich selbst infolge der Zensureinrichtung stets das unangenehme Gefühl habe, es schaue mir beim Briefschreiben jemand über die Schulter, so mag es auch den Freunden draußen gehen. Das hat wohl manchen veranlaßt, mir nur selten zu schreiben oder einen an mich angefangenen Brief beiseite zu legen und nicht abzusenden.

Oh, ich verstehe das nur zu gut!

Und doch, ich wäre froh, wenn sie mir öfter schreiben wollten und ich die Briefe bekäme. Ich bin so weit weg von den Freunden und in der Zelle ist's so einsam.

Ein Brief mag noch so kurz sein und die nebensächlichsten Nichtigkeiten enthalten oder auch andeuten, daß das öffentliche Gewissen nicht schläft und für mein beleidigtes Recht gekämpft wird. Mag er herzliche Worte aufrichtigen Teilnehmens am Geschick des Gefangenen enthalten und an irgend ein gemeinsames, schönes Erleben anknüpfen oder nur vom Befinden der Familie und der Freunde berichten, das gilt gleich. Es ist ein Brief! Ein Bote des Lebens, das jenseits der Gitterfenster braust, und seine Ankunft bleibt ein großes Ereignis in dem ereignisarmen Dasein des Gefangenen. Er beschäftigt die Gedanken tagelang, führt im Geiste mit dem Briefschreiber zusammen und weckt Erinnerungen an frohe Kindheits- und Jugendereignisse oder an gemeinsames Schaffen und Wirken, an sonnige Tage der Freiheit und des Lebens.

*

Die strenge, buchstabengemäße Handhabung der Hausordnung gegen mich wurde später aufgegeben, als der Anstaltsdirektor seine Meinung über den »Fall Fechenbach« revidierte. Den ersten Stoß scheint seine Auffassung schon durch die Verhandlungen erlitten zu haben, die im Reichstagsausschuß für auswärtige Angelegenheiten die Einsetzung eines Unterausschusses zur Prüfung der außenpolitischen Folgen des »Falles Fechenbach« herbeiführten. Auch die Angriffe in der Presse gegen das Urteil mögen dem Direktor zu denken gegeben haben. Ich bekam jetzt dann und wann einen Brief ausgehändigt, der nicht von meinen nächsten Angehörigen war, und die Erlaubnis zum Erlernen einer fremden Sprache in den arbeitsfreien Stunden. Auch ein Heft mit Tinte und Feder bekam ich, doch ausdrücklich nur zur Verwendung für mein Sprachstudium. Das waren Dinge, auf die ich nach der Hausordnung keinen unbedingten Anspruch hatte, solange ich nicht in Stufe II war. Aber sie konnten gewährt werden. Ich führe diese für mich recht erfreuliche Änderung vor allem auf die Vorgänge im Reichstag und auf die Aufrüttelung des öffentlichen Gewissens zurück.

Die *völlige* Wandlung in der Handhabung des Strafvollzugs gegen mich trat aber erst nach der Interpellationsdebatte ein, die am 2. und 3. Juli 1923 im Plenum des Reichstags über das schwere Fehlurteil des Volksgerichts München stattfand, und der eine Bewegung für meine Freilassung folgte, die bis in weite, mir politisch fernstehende Kreise hinein, wirksam war. Jetzt war das Eis gebrochen und ich bekam durch Versetzung in Stufe II, die mir kurz zuvor erst abgelehnt worden war, eine Reihe von Erleichterungen.

Unmittelbar vorher war mir, dem Isrealiten, die Aushändigung einer evangelischen Vollbibel vom Direktor verweigert worden, obwohl sich der Anstaltsgeistliche dafür eingesetzt hatte. Jetzt bekam ich sie anstandslos. Der Gegensatz in der mir von seiten des Direktors zuteil gewordenen Behandlung *vor* und *nach* der Reichstagsdebatte trat bei den verschiedensten Gelegenheiten deutlich zutage und kam selbst im Ton sinnfällig zum Ausdruck, in dem er zu mir sprach.

*

Wenn sich jetzt auch vieles änderte und manches besser für mich wurde, mit meiner Arbeit hatte ich doch Pech. Das Arbeitsmaterial ist knapp geworden, neues hat man, wahrscheinlich wegen der damals sich in tollen Sprüngen übersteigernden Geldentwertung, nicht beschafft, und die Gefangenen im Zellenbau, die bisher Schneiderarbeit gemacht hatten, wurden anderen Beschäftigungen zugeteilt. Ich wurde Sackflicker.

Eine große Getreidefirma und verschiedene landwirtschaftliche Genossenschaften schickten zerrissene Getreide- und Futtermittel-säcke nach Tausenden und Abertausenden zum Flicken. Die Säcke waren, obwohl sie erst im Hof ausgeklopft wurden, voller Staub, und in vielen – ursprünglich als Mehlsäcke verwendet – haftete auch noch Mehlstaub.

Kleine Risse wurden mit Jutegarn gestopft, größere Löcher muß-ten durch Einsetzen ganzer Stücke ausgebessert werden. Dazu zer-schnitt man nicht mehr reparable Säcke. Die Sackflickerei war, vor allem wegen des Staubes, mit dem Kleider, Haare und die ganze Zelle erfüllt wurden, bei allen Gefangenen denkbar unbeliebt. Mir machte sie den Aufenthalt im Zuchthaus auch nicht gerade ange-nehmer. Aber ich stopfte und flickte tapfer drauf los.

Die jeden Tag in gleicher Monotonie sich abrollende Ordnung, die Enge des Raumes, die Gitter am Fenster, die Einsamkeit der Zelle, das alles lastet auf Gemüt und Nerven. Und doch ließ ich trübe Stimmungen nie Herr über mich werden. Ich wußte, ich bin zu Unrecht in dem grauen Haus mit den dicken Mauern, und das Unrecht muß und wird eines Tages gutgemacht werden. Das ließ mich den Kopf aufrecht tragen, und es blieb auch in einsamsten und tristesten Stunden stets ein Rest der inneren Heiterkeit meiner Seele lebendig. So war es kein Wunder, daß mir trotz der Ungewißheit meines Schicksals zuweilen ein alter Spruch in den Sinn kam, den ich einmal von Kurt Eisner zitieren hörte:

> Ich leb' und weiß nit wie lang,
> Ich sterb' und weiß nit wann,
> Ich fahr' und weiß nit wohin,
> Mich wundert's, daß ich so fröhlich bin.

*

Inzwischen verging Woche um Woche, Monat um Monat. Und während ich hinter grauen Mauern vergebens der Freiheit entgegenharrte, bereitete sich im politischen Leben Bayerns jene Entwicklung vor, die über die offene Rebellion gegen das Reich am 9. November 1923 zur bekannten Hitler'schen Tragikomödie im Münchener Bürgerbräusaal führte, und die am 1. April des folgenden Jahres durch ein Volksgerichtsurteil gekrönt wurde, das mir Anlaß zu sehr naheliegenden Vergleichen gab.

Nach der Reichstagsdebatte

In den ersten neun Monaten meines Zuchthausaufenthalts bekam ich keine Tageszeitung. Meine politische Informationsquelle war damals das »Evangelische Sonntagsblatt für Bayern«. Es kam jede Woche und enthielt neben frommen Aufsätzen auch einen sogenannten »politischen Wochenbericht«, meist zwanzig bis dreißig Druckzeilen. Das Blättchen bot eine wenig erfreuliche politische Lektüre. Der Wochenbericht war stramm nationalistisch und sehr willkürlich zusammengestellt. Rassen- und völkerverhetzende Wendungen fehlten nur selten.

Nach der Hausordnung steht den Gefangenen der Stufe II eine von der Zuchthausverwaltung zu liefernde Zeitung zu. Eine Zeitlang wurde auch die »Bayerische Staatszeitung« an die Gefangenen ausgehändigt. Wie man mir erzählte, haben sich unter den Gefangenen politische Unverträglichkeiten ergeben, einmal soll es dabei zu Schlägereien gekommen sein. Daraufhin sei die Zeitung eingezogen worden. Das war kurz nach meinem Strafantritt. Als ich neun Monate später in Stufe II kam, gab es immer noch keine Zeitung. Sie wurde erst im Frühjahr 1924 wieder eingeführt. Trotzdem ersuchte ich den Direktor unter Berufung auf die Hausordnung, mir eine Zeitung auszuhändigen.

Das wurde als Ausnahme genehmigt, während die übrigen Gefangenen sich weiter mit dem Sonntagsblatt begnügen mußten.

»Das sage ich Ihnen aber gleich,« erklärte mir der Direktor, als ich um die Zeitung nachsuchte, »so ausgesprochen staatsfeindliche (!) Blätter wie »Münchener Post« und »Vorwärts« kommen mir nicht ins Haus.«

Ich verlangte daraufhin die »Frankfurter Zeitung«.

»Was ist das für ein Blatt?« wollte er wissen. »Das größte demokratische Blatt in Deutschland.«

Noch zweimal erkundigte er sich eindringlich, ob das auch gewiß keine sozialdemokratische Zeitung sei, dann gab er seine Zustimmung.

Das ging zwei Monate lang. Dann kam die Zeit kurz vor dem Hitlerputsch, in der die »Frankfurter Zeitung« in schärfster Opposition gegen Bayern stand. Eines Tages wurde mir meine Zeitung nicht mehr ausgehändigt. Das war acht Tage vor dem Putsch. Über die wichtigsten Ereignisse wußte ich mich aber doch auf dem Laufenden zu erhalten.

Zwei Wochen nach dem Münchener Trauerspiel bekam ich wieder eine Zeitung. Aber nicht mehr die Frankfurterin. Sie war inzwischen in Bayern verboten worden. Die Zuchthausverwaltung lieferte mir die »Bayerische Staatszeitung«.

Erst im letzten halben Jahr meiner Zuchthauszeit bekam ich wieder eine eigene Zeitung, infolge meiner Versetzung in Stufe III. Ich verlangte »Frankfurter Zeitung« oder »Münchener Post«. Die Beamtenkonferenz sollte darüber befinden. Als mir die Entscheidung mitgeteilt wurde, war ich ein wenig erstaunt, daß die demokratische »Frankfurter Zeitung« strikte abgelehnt, die sozialdemokratische »Münchener Post« aber genehmigt worden war.

*

Die Hausordnung gestattet den Gefangenen der Stufe II das Sprechen während der täglichen Hofstunde. In Ebrach wurde diese wichtige Erleichterung den Gefangenen in Zellenhaft vorenthalten. Nur zwei Monate lang hatte man vorschriftsgemäß auch den Zellengefangenen das Sprechen im Hof erlaubt. Dann war es, entgegen den geltenden Bestimmungen, wieder verboten worden. Das Sprechverbot wird natürlich bei allen möglichen Gelegenheiten übertreten und ist so eine ständige Quelle für Verhängung von Hausstrafen.

Nur Gefangene mit »guter Führung« kommen in Stufe II und damit in den Genuß der damit verbundenen Vergünstigungen. Die »gute Führung« soll ein Beweis für die Besserung des Gefangenen sein. Rückfällige, die den »Betrieb« in Strafanstalten schon aus Erfahrung kennen, verstehen es, die Hausordnung schlau zu umgehen, ohne sich erwischen zu lassen. Sie haben »gute Führung«. Der Neuling ist unerfahren und ungeschickt, wird erwischt und bestraft, hat also »schlechte Führung«. Bei dieser mechanischen Handhabung des progressiven Strafvollzugs wird die Versetzung in Stufe II aus einem Ansporn zur wirklichen Besserung oftmals zur Prämie für Heuchelei und geschickte Umgehung der Hausordnung. Das soll nichts gegen den progressiven Strafvollzug sagen, verlangt aber seine Ergänzung durch pädagogische Leitung der Strafanstalt und durch ebensolche Einwirkung auf den Gefangenen, sonst wird der Sinn des Erziehungsstrafvollzugs in sein Gegenteil verkehrt.

Als eine Art erziehlicher Einwirkung waren zweifellos die Sonntagnachmittags-Vorträge für die Gefangenen der Stufe II gedacht. Der Hausgeistliche versuchte es bei solchen Gelegenheiten mit Vorlesen aus einem Missionsschriftchen. Er war ein Mensch, der redlich bestrebt war, den Gefangenen ihr Los zu erleichtern und hat es sicher oft genug als schmerzlich empfunden, wenn die Hausordnung ihm die Hände band. Aber er hatte den Willen, »der gute Geist der Anstalt« zu sein, und es lag nicht an ihm, daß er so wenig tun konnte. Später fand er auch für seine Vorträge geeignetere Themen, und ich denke heute noch gerne an die beiden Stunden, in denen er von seinen Freunden, den Bergen, erzählte und von dem, was er dort erlebte und erschaute.

Auch der Hausarzt hielt zuweilen, allerdings nur selten, einen Vortrag. Er hatte die aufmerksamsten Zuhörer. Meist aber stand der Oberlehrer am Vortragspult. Viele Monate hindurch las er an Sonntagnachmittagen je eine Stunde aus irgend einem dicken Kompendium vor. Es waren trockene Abhandlungen über Pflanzen und Tiere und über ihre Bedeutung für den Außenhandel. Das darin enthaltene reiche Zahlenmaterial stammte aus dem Jahre 1910. Die Gefangenen mußten das über sich ergehen lassen, ohne sich wehren zu können. Zuweilen ging ein nicht mißzuverstehendes Murren durch die Reihen, wenn wieder der bebrillte Kopf des Oberlehrers am Vortragspult auftauchte. Aber der ließ sich nicht irre machen und las unentwegt aus seinem dicken Buch vor. Schließlich schien er aber auch selbst genug davon zu haben. Als er im Sommer 1924 von seinem Urlaub zurückkam, las er aus einem kleinen Bayreuther Taschenbuch Aufsätze über die Bayreuther Festspiele. Wie lange er das fortsetzte, weiß ich nicht, weil ich inzwischen im Dezember entlassen wurde.

Der Direktor selbst hielt auch dann und wann einen Vortrag. Er stieg in die hohe Politik und erzählte, was er in deutschnationalen Zeitungen gelesen hatte. Von welchem Geist er erfüllt war, zeigte sich am deutlichsten, als er nach Errichtung der Diktatur in Bayern durch Generalstaatskommissar Dr. v. Kahr während eines Vortrags dieses politische Ereignis mitteilte, dabei mit der Faust auf das Rednerpult schlug und mit lauter Stimme in den Saal rief:

»Gottseidank, jetzt haben *wir* das Heft in der Hand!«

Für die wenigen israelitischen Gefangenen der Strafanstalt kam jeden fünften oder sechsten Sonntag der Rabbiner aus Bamberg. Er hielt einen religionsphilosophischen Vortrag und besprach mit den einzelnen Gefangenen ihre persönlichen Angelegenheiten. Wenn er auch als Seelsorger kam, so kam er doch in noch höherem Maße als Mensch, der es anderen leichter machen will, das Schwere zu tragen. Er kam, ein wenig Licht hineinzutragen in das Düster des Kerkers. Und wo er helfen konnte, half er gern, soweit die Hausordnung das zuließ.

*

Auf einem Gebiet hat sich der Direktor des Ebracher Zuchthauses zweifellos ein Verdienst erworben. Weihnachten und Ostern veranstaltete er Feiern mit gesanglichen und musikalischen Darbietungen für die Gefangenen. Soweit dies an einem so abgelegenen Ort wie Ebrach möglich ist, wurde wirklich Gutes geboten, sodaß man für ein paar Stunden die Mauern, die Gitter und das Zuchthaus vergessen konnte. Besonders die Weihnachtsfeiern hinterließen einen starken Eindruck.

In dichtgedrängten Reihen sitzen die Gefangenen in den Bänken im ehemaligen Bankettsaal des früheren Klosters Ebrach. Jetzt dient der Saal dem Zuchthaus als Kirche. Der Raum, der in klösterlicher Zeit manch frohes Mahl gesehen haben mochte, ist festlich geschmückt zu dem Fest der Freudlosen. Aber die Gefangenen machen in ihren kurzen, braunen Kitteln keinen festfrohen Eindruck. Erwartungsvolles Flüstern geht durch die Reihen. An das strenge Sprechverbot denkt heute niemand. Sie haben sich alle auf die Feier gefreut, als auf ein großes Ereignis, das aus dem eintönigen Grau des Strafanstaltsdaseins herausreißt. Und doch bleibt der eigenartig hohle, leere Blick in den Augen, die nur durch Gitter in's Freie, aber nicht im Freien schauen dürfen.

Ganz hinten im Saal stehen Einwohner Ebrach's. Sie dürfen an der Feier teilnehmen. Auch Frauen und Mädchen sind dabei. Den Gefangenen ist es verboten, nach rückwärts zu schauen. Aber sie recken doch verstohlen die Hälse und blicken sich um, ein paar frische, rotbäckige Gesichter zu sehen, einen mitleidigen Blick aus glänzenden, lebensfrohen Mädchenaugen zu haschen. Für viele ist's die einzige Gelegenheit im Jahr, ein weibliches Wesen zu sehen.

Der Direktor hält die Festrede. Gesänge und Musik tönen durch den Saal, und andächtig lauschend sitzen die Gefangenen, sich den Klängen der Musik hingebend, die vergessen läßt, wo sie tönt. Die Gedanken wandern heim, wenn für sie ein solches Sehnsuchtsziel noch lebt. Viele von den Gefangenen haben kein Daheim, haben nie eines gehabt.

Wie dann nach Dunkelwerden die weißen Kerzen am großen Lichterbaum aufglänzen, am Harmonium das Weihnachtslied leise intoniert wird, da zuckt es in manchem harten Männergesicht, und da und dort wischt sich einer verstohlen ein paar Tränen aus den Augen.

Dann schleichen die Braunberockten wieder in ihre Zellen und Schlafräume. Zum Abendessen gibts ein Stück Käse mehr als sonst. Es ist ja Weihnacht. Und manche denken an den Heiland, von dem der Direktor in seiner Festrede gesprochen, an die schönen Grundsätze, von denen er sich, wie er sagte, bei seiner Amtsausübung leiten lasse und an die Praxis des Strafvollzugs, die so ganz anders aussieht, als die Rede im festlich geschmückten Saal.

*

Seit ich in Stufe II war, durfte ich mir eigene Bücher kommen lassen. Sie mußten aber erst eine Zensur passieren. Waren sie gebunden, dann wurde der Deckel abgenommen und eine genaue Untersuchung angestellt, ob im Rücken oder unterm Vorsatzpapier etwas Verbotenes verborgen war. Die Bücher konnte ich in der arbeitsfreien Zeit lesen. Auch schreiben durfte ich jetzt, was ich wollte. Ich mußte nur gewärtig sein, daß meine Hefte kontrolliert werden, und, falls ich Unzulässiges schreibe, ich mir eine schwere Hausstrafe zuziehe. Ein anderer politischer Gefangener hatte in seinem Schreibheft eine etwas zu deutliche Kritik am Strafvollzug geübt und bekam dafür zehn Tage Arrest in der Käfigzelle bei Wasser und Brot.

Bücher bekam ich jetzt auch aus den Hauptbibliotheken, die der Oberlehrer und der Hausgeistliche verwalteten. Der Hausarzt gab mir sogar einmal ein Buch aus seiner Privatbibliothek.

Auch mit der Korrespondenz wurde es jetzt besser. Immer seltener kam es vor, daß Briefe zurückbehalten wurden. Ich selbst durfte jetzt alle sechs Wochen schreiben und Lebensmittelpakete, die zuweilen kamen, wurden mir ausgehändigt. Nur zuletzt, als alle paar Wochen ein Paket kam, gingen einige zurück.

Das Kurzscheren der Haare war inzwischen abgeschafft worden. Ich konnte Kopf- und Barthaare wachsen lassen. Von meiner Arbeitsbelohnung – 5 bis 15 Pfennige pro Tag – durfte ich mir Schnupftabak als Genußmittel und Brot und Margarine in beschränkten Mengen als Zusatzlebensmittel kaufen. Für die Gefangenen der Stufe I gab's das nicht.

Früher, wenn ich Besuch bekam, war zwischen mir und dem Besuchenden ein Gitter als Trennvorrichtung. Der Besuch durfte nur fünfzehn Minuten bleiben. Jetzt hatte ich dreißig Minuten Besuchszeit ohne Trennvorrichtung. Meine Eltern ließen nicht einen einzigen Besuchstermin vorübergehen, ohne daß Vater oder Mutter oder beide zusammen nach Ebrach kamen. Wenn auch immer ein Überwachungsbeamter mit anwesend war und man in der Erregung der wenigen Minuten nicht viel sprechen konnte, so war ich meinen Eltern doch immer von Herzen dankbar für diese Besuche und ich zählte die Tage von einem Besuchstag zum andern.

Einmal in der Woche wurde eine Turnstunde für die Gefangenen der Stufe II eingerichtet, und der Beamte, der das Turnen leitete, verstand es, die Stunde zu einer wirklichen Erholung für die Gefangenen zu gestalten.

Im Mai 1924 kam ein Ministerialrat zum Kontrollbesuch ins Zuchthaus. Durch seine Vermittlung wurde ich in Stufe III versetzt. Das bedeutete, daß ich jetzt Briefe auch von nicht verwandten Personen empfangen und an sie schreiben durfte. Ich konnte alle drei Wochen einen Brief abschicken und jeden Monat einmal vierzig Minuten Besuch empfangen. Der Besuch war nicht mehr auf Verwandte beschränkt und ich durfte während der Besuchszeit meine Zivilkleidung tragen. Eine besonders wohltuende Erleichterung war es, daß ich jetzt Blumen und Bilder in der Zelle haben durfte. Nun war's nicht mehr so öde, kahl und leblos in dem kleinen Raum, der meine Welt geworden war. Vor allem aber war es mir wertvoll, daß ich die Erlaubnis bekam, während der Hofstunde zu sprechen.

An dem Tag, da mir meine Versetzung in Stufe III mitgeteilt wurde, bekam ich Fieber. Ich hatte schon lange Zeit Magenbeschwerden. Mein Magen rebellierte gegen die eigenartige Zuchthauskost und nun wollte er nicht mehr richtig funktionieren. Ein paar Tage lag ich zu Bett, dann verordnete mir der Arzt eine besondere Diätkost, die ich bis zu meiner Entlassung bekam. Während dieses letzten halben Jahres war ich im Krankenstand und durfte mich selbst beschäftigen. Von morgens bis abends saß ich über meinen Büchern und Schreibheften.

Trotz all dieser Erleichterungen empfand ich es doch schwer, daß ich im Zuchthaus war. Aber ich wußte, daß der Kampf um mein Recht unermüdlich weitergeführt wurde und daß das Recht stärker ist, als alle gegenwirkende politische Gehässigkeit.

Nächte

Die Tage im Zuchthaus werden mir lang. Aber die Nächte sind fast endlos. Man sollte die Zeit im Zuchthaus nicht nach Tagen, man müßte sie nach Nächten zählen.

Diese qualvollen Nächte ohne Schlaf kennt außer dem Gefangenen nur noch der Kranke.

Am acht Uhr löscht das Licht aus. Vier Stunden kann ich schlafen. Dann dehnt sich die Nacht in langen Stunden, und jede Stunde schleicht ihre sechzig Minuten in quälender Trägheit. Erst um sechs Uhr früh gibt's wieder Licht.

In die Schlaflosigkeit hinein erinnert mich das Eisengitter am Zellenfenster, wo ich bin. Immerwährend hab ich dies Gitter vor Augen. Auch des Nachts, wenn ich noch nicht oder schon nicht mehr schlafe.

Meine Eisenbettstelle ist tagsüber an die Wand hinaufgeklappt. Nachts steht sie mit dem Fußende gegen die Tür, sodaß ich das Fenster nicht sehe, wenn ich im Bett liege. Aber im Garten vor dem Zellenbau brennt eine elektrische Laterne, und ein tückisches physikalisches Gesetz will, daß sie ihr Licht durch das vergitterte Fenster und damit den Schatten des Fenstergitters scharf umrissen auf die gegenüberliegende Zellenwand wirft.

So kann ich dem Gitter nicht ausweichen. Ich muß seinen Schatten sehen, sobald ich nur die Augen öffne.

Einmal, – in der Zelle war's schon dunkel – mache ich mit ausgespreizter Hand eine zufällige Bewegung nach oben. Sofort erscheint an der Wand im Schattenbild des Gitters der scharf gezeichnete Schatten meiner Hand. Das Ganze sieht aus, als strecke sich eine Hand voll Sehnsucht durchs Gitter ins Freie. Unwillkürlich ballen sich meine Finger zur Faust und das Bild an der Wand wird zu drohender Anklage.

Närrisches Schattenspiel. Und doch, wieviel Wahrheit liegt in diesem Spiel!

Ist die Nacht sternhell, dann stehe ich oft auf meinem Schemel vorn beim Fenster und schaue die Majestät des nächtlichen Himmels.

Drüben, jenseits des Gartens, liegt das Hauptgebäude, das ehemalige Kloster. Daneben ragt die alte Basilika. Eine wuchtige Silhouette.

Wenn ich am Fenster stehe, muß ich mich vorsehen, daß der Nachtwächter mich nicht erwischt. Er schleicht zuweilen an den Zellentüren entlang und schaut durch die Gucklöcher. Werde ich gesehen und gemeldet, gibt's eine Hausstrafe.

Ist Vollmond, dann fällt das bleiche Mondlicht in meine Zelle auf die Nordwand. Ich beobachte das Weiterrücken des Lichtstreifens und zähle daran die Stunden. Ist das Licht hinten in der Ecke angelangt, wo die Opferschale steht, dann ist's fünf Uhr morgens.

In einer solchen Mondnacht hatte ich einmal Besuch in der Zelle. Eine Maus war unten beim Heizrohr hereingeschlüpft. Von meinen Papierdüten war eine auf den Boden gefallen. Darin raschelte die Maus herum, bis ich eine unbedachte Bewegung machte. Da huschte das geängstete Tierchen erschreckt davon.

Am nächsten Abend legte ich ein paar kleine Reste vom Abendbrot mit einem Stückchen Papier auf den Boden. Stundenlang wartete ich und lauschte angestrengt, ob meine nächtliche Besucherin sich nicht einstellen wollte. Um ein Uhr kam sie. Dem kleinen Mahl, das ich ihr bereitet, tat sie alle Ehre an. Noch ein paar Nächte konnte ich mich an dem kleinen Tierchen freuen. Dann wurden eines Tages die Zellen ausgebessert und das Loch unten beim Heizrohr mit Gips verschlossen. Die Nächte waren jetzt wieder einsam, wie vorher.

Im Zellenbau war unter den Lebenslangen ein junger Mann. Vierundzwanzig Jahre alt. Er war während des Krieges verschüttet gewesen. Später hatte er ein Elternpaar erschossen. Raubmord sagt das Urteil. Seit einiger Zeit machte dieser Gefangene Schwierigkeiten. Zuletzt hat er die Arbeit verweigert. Er sei unschuldig, sagte er den Beamten und er arbeite deshalb nicht. Er wolle freigelassen werden. Die Folge seiner Arbeitsverweigerung waren vier Wochen Arrest in der Käfigzelle.

Ich habe diesen Gefangenen auf Grund verschiedener Vorkommnisse für geistig nicht normal gehalten. Der Direktor und die Unterbeamten nahmen ihn für einen Simulanten.

In einer Nacht, kurz nachdem der Lebenslange seine vier Wochen Arrest »gemacht« hatte, hörte ich ihn herzzerreißend weinen. Ohne Unterbrechung. Dann ging das Weinen über in Winseln und Heulen, als ob ein Hund geprügelt würde. Schauerlich schallte das durch den nächtlich stillen Zellenbau.

Der Nachtwächter machte gerade einen seiner Rundgänge um das Gebäude. Wie er wiederkam, ging er zur Zelle des Lebenslangen, mahnte zur Ruhe und redete ihm schließlich mit guten Worten zu, bis er stille wurde.

Das hat sich in den folgenden Nächten noch zweimal wiederholt. Bald darauf kam der Lebenslange zur Beobachtung in die Krankenabteilung und von dort nach Straubing auf die psychiatrische Station des Zuchthauses.

*

Die Nacht läßt alle Geräusche deutlicher hören, als es der Lärm des Tages gestattet. Jede Viertelstunde höre ich die Turmuhr schlagen. Im Zellenbau folgt dann der silbrige Schlag der großen Standuhr.

Wenn der Nachtwächter seinen Rundgang macht, höre ich jeden Schritt am Gebäude entlang. Zuweilen dringt ein Gespräch herauf, das unten zwei Beamte führen. Und drüben vom Dorfkrug schallt bis zwölf Uhr frohes, ausgelassenes Gelächter herüber, manchmal auch Gesang.

Nach seinem Rundgang kommt der Nachtwächter wieder in den Zellenbau. Ich höre jede seiner Bewegungen. Wenn er sich auf den Schemel setzt, wenn er die Pfeife anzündet, ja wenn er beim Lesen ein Blatt des Buches umwendet, höre ich's. Das laute Schnarchen seines auf den Mann dressierten Hundes dringt vernehmlich in meine Zelle.

Im Garten vorm Zellenbau ist ein Bassin. Karpfen sind drin. Ich höre sie, wenn sie sich im Wasser emporschnellen. Manchmal tut einer einen zu kühnen Sprung und fällt nicht ins Wasser zurück. Dann liegt er oft die ganze Nacht neben dem Bassin und schlägt mit seinem Schwanz in eine Pfütze. Das klatschende Geräusch davon konnte ich mir lange nicht erklären, bis ich eines Morgens einen Karpfen neben dem Bassin liegen sah.

Oft hatte ich nachts in halbwachem Zustande traumhafte Vorstellungen. Am häufigsten kehrte das drückende Gefühl wieder, als würden Mauern und Decke der Zelle auf mich eindringen, mich zu zermalmen. Und ich war an meinem Platz festgehalten, konnte mich nicht bewegen.

Einmal sah ich mich auf einer Wiese inmitten einer Baumgruppe.

Von ferne kommt ein riesenhafter, ungeschlachter Mensch auf mich zu. Er ist nackt. Er kommt näher und ich sehe seinen brutalen Gliederbau, seine sehnigen Arme, seine krallenden Hände, die aussehen, als sollten Menschen damit zerdrückt werden.

Auf den Schultern trägt er ein zusammengerolltes Stacheldrahtnetz. Das befestigt er an einem Baum und ehe ich mich umschaue, hat er das Drahtnetz um die ganze Baumgruppe herumgeschlungen und mich mit eingeschlossen. Über mir wächst der Stacheldraht zusammen.

Ich frage den cyklopenhaften Riesen entsetzt, was er will.

Er antwortet nicht.

Ich frage, wer er sei.

Da grinst er zynisch:

»Kennst du mich nicht? Ich bin die Hausordnung.«

Jetzt sehe ich auf seinem klobigen Kopf eine hohe Krone aus lauter aneinandergereihten Paragraphenzeichen zusammengesetzt.

Das Bild verschwindet und ich wälze mich wieder unruhig auf meinem Lager. Die Minuten wollen sich nicht zu Stunden formen, und ich habe noch so viele schlaflose Nächte vor mir.

Wie viele?

Die Himmelblauen

Wir haben vergebens gehofft und geharrt,
Man hat uns geäfft und gefoppt und genarrt.

Heinrich Heine.

Das traurigste Schicksal von allen Gefangenen haben die »Himmelblauen«.

Himmelblau, das ist der *terminus technicus* für lebenslang, den die lebendig Begrabenen zur Bezeichnung ihres entsetzlichen Schicksals erfunden haben im vergleichenden Gedanken an die unendliche Ausdehnung des blauen Himmelsgewölbes, gleich ihrer unendlichen Strafzeit. Ich habe im Zuchthaus eine ganze Anzahl dieser Unglücklichen kennen gelernt. Ihr Schicksal im grauen Haus mit den vergitterten Fenstern ist, je nach ihrer körperlichen und seelischen Verfassung, ein sehr verschiedenes. Zu den einen kommt, wenn sie einen Teil ihrer Strafzeit hinter sich haben, nach kurzer Krankheit der Sensenmann und drückt ihnen die Augen zu zum ewigen Schlaf. Sie sind nach den Begriffen derer, die nicht lebenslang haben, die Glücklicheren unter den Himmelblauen. Andere werden im Zuchthaus alt und hinfällig, dann kommen sie in die Invalidenabteilung, bis sie Freund Hein von ihrem elenden Dasein erlöst. Ein Teil bleibt arbeitsfähig, wird aber kindisch oder stumpf und verblödet langsam. Wieder andere sinken in die Nacht des Wahnsinns und enden im Irrenhaus.

Die wenigen, die nach fünfundzwanzig oder dreißig Jahren der Freiheit und dem Leben wiedergegeben werden, sind als ganz junge Menschen hinter Zuchthausmauern gekommen und haben einen robusten Körper. Oder, was seltener ist, sie haben eine starke Seele. Aber gerade sie leiden am schlimmsten, weil sie alles tiefer empfinden, intensiver erleben, weil ihr inneres Menschentum lebendig ist und sich aufbäumt gegen den Zwang und die Enge. So kommen sie in Konflikt mit der Hausordnung, ziehen sich Strafen zu, und das verschlechtert wieder die Aussichten für die etwaige spätere Begnadigung. Die Klugheit gebietet ihnen, die Zähne zusammenzubeißen und sich einzufügen in die bestehende Ordnung. Innerlich aber kocht's und brodelt's noch lange.

Die Menschen »draußen« machen sich ein ganz falsches Bild von den lebenslangen Zuchthausgefangenen. Sie stellen sich einen Mörder oder Raubmörder vor, jedenfalls aber einen gewohnheitsmäßigen Verbrecher, der durch seine schwere Tat dauernd unfähig geworden, in der freien menschlichen Gesellschaft zu leben, oder der zum Tod verurteilt war und zu »lebenslang« begnadigt wurde. In beiden Fällen denkt man an von Grund aus verbrecherische Naturen, die von der Gemeinschaft der Honnetten dauernd ausgeschieden werden müßten.

Nichts ist irriger, als hier verallgemeinern zu wollen. Bei der weitaus größten Zahl der Lebenslangen handelt es sich *nicht* um Gewohnheitsverbrecher.

In nicht wenig Fällen hat die Leidenschaft zu einer Frau einen Mann für Lebensdauer hinter Kerkermauern gebracht. Oft genug sind tiefstes wirtschaftliches und soziales Elend, traurige Familien- und Erziehungsverhältnisse, jugendlicher Leichtsinn, falsche Ehrbegriffe, Abenteurerlust, unterstützt durch die verheerende Wirkung von Schundliteratur-Lektüre die Wurzeln, aus denen eine einmalige verhängnisvolle, aber unüberlegte Tat erwuchs, ohne daß die Absicht zur Vernichtung eines Lebens bestand. Aber unser veraltetes Strafrecht ist hart und grausam, selbst dann, wenn eine unglückselige Verkettung von Umständen einen noch jungen Menschen zu Fall brachte. Noch härter und grausamer aber sind die Menschen, die so leicht endgültig den Stab brechen über einen Bruder, der einmal, und sei es in seiner Jugend, gegen die Gesetze der Gesellschaft gefehlt hat.

Ich glaube nicht, daß es einen Lebenslangen gibt, der sich nicht in der ersten Zeit mit Ausbruchs- und Selbstmordgedanken getragen hätte. Nicht alle bleiben Sieger in diesem Kampf zwischen Lebenswillen und Sehnsucht nach Ruhe. Manch einer hat schon dem Staatsanwalt ein Schnippchen geschlagen und sein »Lebenslang« durch den freiwilligen Schritt ins ewige Nichts abgekürzt. Ich überlasse es den Moralphilosophen, darüber zu streiten, ob es Mut oder Feigheit ist, so zu handeln. Die aber an dieser Station vorbeikamen, die wollen im Zuchthaus auch nicht auf natürliche Weise sterben. Sie betrachten den Tod hinter Kerkermauern nicht als Erlöser.

Sie wollen leben, leben und hoffen und immer wieder hoffen, daß sie nach einem Menschenalter vielleicht doch noch ein paar Jahre in Freiheit atmen können. In dieser Sehnsucht verzehren sie sich, von dieser Hoffnung auf Erfüllung leben sie.

Und wie oft wird dieses Hoffen bitter enttäuscht!

Sind die Lebenslangen einmal zwanzig Jahre in der Strafanstalt, dann machen sie fast jedes Jahr ihr Gnadengesuch. Und immer wieder kommt vom Justizministerium die niederschmetternde Antwort: Abgelehnt!

Der Direktor vertröstet auf das nächste Gesuch. Und die Himmelblauen lassen sich gerne trösten, schöpfen neue Hoffnung, um auf's neue enttäuscht zu werden.

So geht's Jahr für Jahr.

Der Lebenslange wird alt, früher, als es seinen Jahren entspricht. Die Haare bleichen, die Kräfte verlassen ihn, aber hinaus will er noch *einmal* aus dem Haus der Freudlosen.

Nur nicht hier sterben müssen, so ohne alle liebende Anteilnahme, um dann im Zuchthausfriedhof verscharrt zu werden oder in die Anatomie zu kommen. Nur das nicht!

Er ist schon in der Invalidenabteilung und macht wieder ein Gnadengesuch, das letzte, auf das er all sein Hoffen setzt.

So lange er kräftig und arbeitsfähig war, sind die Gesuche stets abgelehnt worden, weil »mit Rücksicht auf die Schwere des Verbrechens«, oder »aus grundsätzlichen Erwägungen die verbüßte Strafzeit noch nicht ausreicht, um einer Begnadigung näher treten zu können.«

Jetzt ist er lange genug im Zuchthaus, er hat also Aussicht auf Begnadigung, aber ... »da der Gefangene N. N. dauernd erwerbsunfähig geworden ist, also im Falle seiner Entlassung dem Staate zur Last fallen würde, kann eine Begnadigung nicht in Erwägung gezogen werden ...«

Das ist das Ende aller Hoffnungen.

Mehr als zwei Jahrzehnte hat er auf seine Begnadigung gehofft, und da wird mit ein paar Federstrichen alles zunichte gemacht. Das Furchtbare, ja das unmenschlich Grausame, das in diesem tragischen Finale liegt, scheint den über die Begnadigung entscheidenden Beamten gar nicht zum Bewußtsein zu kommen. Und das ist das Schlimmste, weil es so wenig Hoffnung auf Änderung läßt.

Jahr für Jahr vertröstet man den Gefangenen auf eine spätere Begnadigung. Das Zuchthaus aber ist wie ein Vampyr. Es zehrt die Nervenkraft auf, saugt das Lebensmark aus den Knochen, und je weiter die Begnadigung hinausgeschoben wird, desto näher rückt der körperliche und geistige Verfall des Gefangenen. Nachdem man ihn so lange hinter Mauern ließ, bis er ein hilfloser Greis geworden, nimmt man eben diese Hilflosigkeit als Vorwand, ihm die Freilassung zu versagen. Das ist keine Freiheitsstrafe mehr, das ist ein langsames, qualvolles Zutodemartern, eine menschenunwürdige Barbarei.

Theoretisch hat man den Grundsatz der Vergeltung im Strafvollzug fallen lassen und das Prinzip der Besserung durch Erziehungsstrafvollzug aufgestellt. Aber gerade von diesem Gesichtspunkt aus müßten die Lebenslangen zu einem Zeitpunkt der Freiheit wiedergegeben werden, da es ihnen noch möglich ist, durch einwandfreie Lebensführung den Beweis zu erbringen, daß sie zu sozialem Menschentum zurückgefunden haben. Das gilt, solange in unserem Strafgesetzbuch das furchtbare »Lebenslang« noch vorgesehen ist. Diese barbarische Strafe muß aber aus Gründen der Menschlichkeit durch eine zeitlich begrenzte Freiheitsstrafe ersetzt werden.

*

Unter den Lebenslangen im Zuchthaus Ebrach ist ein Mann, den ein besonders hartes Schicksal getroffen hat. Seit fünfzehn oder sechzehn Jahren, etwas weniger als seine bisherige Gesamtstrafzeit, ist er in einer Zelle, in die ein Eisenkäfig eingebaut ist. Der Käfig ist ähnlich wie jener in der Arrestzelle, in der ich die erste Nacht verbrachte. Seit länger als fünfzehn Jahren muß dieser Gefangene hinter den Gittern dieses Raubtierkäfigs arbeiten und schlafen. Er gilt für gewalttätig, hat schon wiederholt Beamte bedroht, ist wohl auch schon tätlich geworden. Einmal war er ausgebrochen, und hat später mißlungene Ausbruchsversuche unternommen. Dann wurde für ihn diese »Sicherheitszelle« mit dem Käfig eingerichtet. Lange Jahre hindurch mußte er während der täglichen Spazierstunde allein in den Hof gehen und erst seit ungefähr zehn Monaten hat man ihm einen Hofkameraden beigegeben, mit dem er sich während des einstündigen Spaziergangs unterhalten darf. Seit einigen Monaten hat er auch wieder die Erlaubnis bekommen, am Sonntag den gemeinsamen Gottesdienst zu besuchen.

Ich weiß nicht, wie dieser Gefangene in der ersten Zeit seines Aufenthalts im Zuchthaus behandelt wurde. Sicher ist, daß er ein leicht reizbares Wesen hat und deshalb individuell zu behandeln ist. Es ist klar, daß auf einen solchen Menschen das Dasein im Zuchthaus und besonders die frühere Praxis des Strafvollzugs mit ihrer bewußten Tendenz der Vergeltung geradezu aufreizend wirken mußte.

Mir hat einmal ein Beamter auf meine Frage nach diesem Gefangenen gesagt:

»Wenn sich jemand benimmt wie ein Tier, dann muß er behandelt werden wie ein Tier.«

Hier taucht doch die Frage auf, ob dieser Gefangene, der an sich zu Gewalttätigkeiten neigen mag, nicht durch unpädagogische Behandlung von Anfang an in eine verbitterte und gereizte Stimmung gebracht worden ist. Vielleicht hat der Beamte in seiner Antwort an mich doch Ursache und Wirkung verwechselt. Wenn man einen Menschen, auch wenn er einen Mord begangen hat, in einen Käfig sperrt, wie ein wildes Tier, dann sollte man sich nicht wundern, wenn dieser Mensch auch wird wie ein Tier.

Es gibt auch in anderen Strafanstalten Gefangene, die ausgebrochen waren und gewalttätig geworden sind, und doch hat man sie nicht in einen Käfig gesperrt. Es gibt menschlichere Methoden, auch solche Gefangene von Gewalttaten abzuhalten, und dann ist dieser Fall viel mehr ein Problem für den Psychiater als für den Zuchthausdirektor, der ein guter Jurist sein mag, aber seiner ganzen Ausbildung nach sich auf Psychiatrie nicht verstehen kann.

Dieser Fall ist nur ein krasses Beispiel dafür, wohin es führt, wenn der Erziehungsstrafvollzug in Zuchthäusern und Gefängnissen statt von besonders geschulten Pädagogen und Psychologen, von Juristen und Verwaltungsbeamten geleitet wird.

Soll der Mann im Käfig noch weiter hinter den Eisengittern bleiben? Soll er so lange dort bleiben, bis er den Weg geht, den so viele vor ihm gegangen sind, den Weg vom Zuchthaus ins Irrenhaus?

*

Während der letzten sechs Monate meines Aufenthalts in Ebrach hatte ich die Erlaubnis, mich im Spazierhof täglich eine Stunde mit einem anderen Gefangenen zu unterhalten. Der Direktor hatte mir einen Sittlichkeitsverbrecher zur Gesellschaft gegeben, später war ein Lebenslanger mein Hofkamerad. Er war Weber von Beruf, der Sohn eines Heimarbeiters und neunzehn Jahre alt, da man ihm zum Tod verurteilte und nach zwei Monaten zu lebenslangem Zuchthaus begnadigte.

Durch die regelmäßige tägliche Unterhaltung im Spazierhof lernte ich ihn besser kennen, als das sonst im allgemeinen bei Gefangenen möglich ist. Ich weiß, wie sich lange Jahre hindurch auch in ihm alles auflehnte gegen die Enge und den Zwang des Zuchthauses, wie in dem jungen Menschen die unbändige Freiheits- und Lebenssehnsucht zu schweren Verstößen gegen die Hausordnung führte und ihm eine Hausstrafe nach der andern zuzog, bis er sich endlich resigniert in das Unabänderliche ergab.

Vor ein paar Jahren war er strafweise in Zellenhaft gekommen und ist dann später auf eigenen Wunsch dort belassen worden. Er wollte in seiner arbeitsfreien Zeit die Möglichkeit zu geistiger Beschäftigung haben. Er betätigt sich auch schriftstellerisch, und all das Leben, all die Farbigkeit, wonach er sich sehnt, malt er mit seiner lebendigen Phantasie in den Romanen, die in seiner Zelle entstehen. Das, was er schreibt, darf er nicht an seine Angehörigen schicken, es muß im Zuchthaus bleiben, solange er selbst dort ist. Von seinen Romanen weiß ich nur, was er mir davon erzählt hat. Zum Lesen konnte er sie mir nicht geben; das ist verboten. Aber soviel weiß ich: er ist einer, »der immer strebend sich bemüht«, einer, der an seinem inneren Menschen ständig schafft. Sein alter Adam, den sie vor nun achtzehn Jahren vor Gericht stellten und aburteilten, ist abgestorben und in die Hülle hinein ist von innen heraus ein neuer Mensch gewachsen. Und mit dem gehe ich jeden

Tag eine Stunde in den Hof, und wir sprechen über alles, nur nicht über das, was ihn mit dem Gesetz in Konflikt gebracht hat.

Einmal erzählte er mir von seiner Begnadigung zu lebenslangem Zuchthaus:

»Ich war zum Tod verurteilt.

Fast zwei Monate hat man mich warten lassen. Dann bin ich in die Kanzlei gerufen worden und die Begnadigung wurde mir vorgelesen.

Wenn man wie ich zum Tod verurteilt war und sich mit der Möglichkeit eines gewaltsamen Endes unterm Fallbeil vertraut gemacht hat, rinnt einem ein Eisstrom durch die Adern, wenn man nach Wochen und Monaten qualvollen Harrens diesen unmenschlichen Bescheid der Begnadigung zu lebenslangem Zuchthaus bekommt.

Die einzelnen Worte des Begnadigungsschreibens erschienen mir wie Erdschollen, die ich schwer und dumpf auf den Sarg niederkollern hörte, auf den Sarg, in den man mein Liebstes, meine junge Freiheit, eingeschlossen hatte. Diese Ungeheuerlichkeit hat mich dazu gebracht, mit nichts anderem antworten zu können, als mit Tränen, nur mit Tränen. Ich hab' ja meinem eigenen Begräbnis beigewohnt ...

Was ich in diesen Minuten erlitten, das faßt keine Hölle in sich. Mehr als einer ist wohl schon nach der Qual der Ungewißheit der letzten Wochen von einem solchen Augenblick weggegangen als ein Gerichteter, als ein Narr.

Der Gedanke »Begnadigt« durchbricht wie ein Blitz den Dämmerzustand der letzten Tage, und es wird für eine kurze Spanne hell. Aber dieser Blitz läßt umso unbarmherziger das hinter ihm lastende Dunkel »Lebenslang« in furchtbarstem Kontrast erstehen.

Wie ein Betrunkener bin ich fortgetaumelt, bar fast jeglicher Besinnung. Die hat sich erst nach ein paar Tagen wieder eingestellt.

Jubelnde Freude darüber, daß es nicht zum Fallbeil ging und schauriges Entsetzen über die vor mir liegende endlose Zuchthausstrafe rangen miteinander. Ich wußte nicht, soll ich weinen oder lachen. Manchmal tat ich beides zugleich.

Wer in einer solchen Lage noch sagen kann: »Am Lachen und Flennen ist der Narr zu erkennen«, der ist über die gefährliche Klippe hinweg und er wird den Kampf gegen Windmühlen wagen, wenn ihre Flügel ihn auch zerschmettern. Der andere aber, der den Begriff »Lebenslang« nicht zu fassen vermag, der wird nach dem Henker schreien oder selbst Henkersdienste an sich verrichten.

Wie viele, die trotz gegenteiliger Ansicht des Staatsanwalts noch keine Mörder waren, sind erst durch das harte Urteil »Lebenslang« zum Mörder geworden! Sei es an sich oder an ihren Totengräbern, ihren Wächtern.

Ich bin an dieser Klippe vorbeigekommen. Und jetzt sind's achtzehn Jahre, daß ich das Unerträgliche ertrage ...«

So erzählte der Lebenslange, als wir im engummauerten Spazierhof gingen. Vom Zellenbau glotzten die eisenvergitterten Fenster, und ein großer Rabe flog krächzend hoch über unsere Köpfe.

Ausklang

Für den 1. Oktober 1924 hatte ich meine Entlassung aus dem Zuchthaus mit aller Bestimmtheit erwartet. An diesem Tag war das halbe Jahr zu Ende, nach dessen Verbüßung Adolf Hitler mit Zubilligung von Bewährungsfrist aus der Festungshaft entlassen werden sollte. Ich konnte und wollte nicht glauben, daß der zu Recht verurteilte völkische Hochverräter der Freiheit wiedergegeben werden und ich zu Unrecht im Zuchthaus bleiben soll.

Adolf Hitlers Freilassung verzögerte sich. Ich mußte also noch warten.

Da las ich Mitte Dezember in der Zeitung, daß das bayerische Oberste Landesgericht sich in den nächsten Tagen mit der Frage der Freilassung Hitlers beschäftigen werde. Jetzt wußte ich:

Da wird auch dein Schicksal entschieden.

Am 19. Dezember erfuhr ich von der Begnadigung des Kapp-Putschisten Jagow durch den Reichspräsidenten.

Sollten die Gerüchte, die auch bis ins Zuchthaus gedrungen waren, doch den Tatsachen entsprechen? War wirklich eine umfassende politische Amnestie im Gange? Die Begnadigung Jagow's bestärkte mich in diesem Glauben und ich erwartete jetzt jeden Tag meine Freilassung.

Am Vormittag des 20. Dezember wurde ich plötzlich zum Direktor gerufen.

Wie ein Blitz schießt mir der Gedanke durch den Kopf: Du wirst entlassen!

Beim Direktor ist schon der mit mir zusammen verurteilte Redakteur Lembke.

Der Direktor erklärt uns mit feierlicher Stimme: »Ich habe Ihnen mitzuteilen, daß Sie beide heute noch entlassen werden. Ich gratuliere Ihnen.«

Ich frage nach der Art der Begnadigung.

»Die elfjährige Zuchthausstrafe ist auf dreiundeinhalb Jahre herabgesetzt. Davon haben Sie zwei Jahre vier Monate abgesessen, für den Rest ist Ihnen Bewährungsfrist zugebilligt.«

»Das Zuchthausurteil bleibt also bestehen und die zehn Jahre Ehrverlust auch?«

Der Direktor bejaht.

In mir kocht's vor Erbitterung.

Man will also das geschehene Unrecht nicht eingestehen und das Damoklesschwert der Bewährungsfrist soll vier Jahre über mir hängen.

Inzwischen hatte das Telefon geläutet. Mein Rechtsanwalt rief von München aus an. Er wollte der erste sein, der mich in der Freiheit begrüßt.

Trotz aller Enttäuschung, die ich über die Art der Begnadigung empfinde, beherrscht mich Freude über die neugewonnene Freiheit.

In der Kanzlei werden in aller Eile meine Papiere fertig gemacht. Inzwischen kann ich meine Zuchthausuniform ablegen und mich wieder in menschliche Kleidung stecken. Das geschieht in dem gleichen Raum, worin ich bei der Aufnahme umgekleidet wurde.

*

Ich muß zum Arzt. Dort werde ich gewogen.

Dann geht's in den Krankensaal. Ein Gefangener, der Krankenwärterdienste macht, rasiert mich.

Nachher sehe ich mich im Saal um.

In einem der Betten liegt ein Lebenslanger. Seit er zwanzig Jahre im Zuchthaus ist, hat er wiederholt Gnadengesuche eingereicht. Sie wurden immer abgelehnt.

Dann bekam er einen Schlaganfall, der ihn am Oberkörper rechtsseitig lähmte. Trotzdem blieben all seine Versuche, die Begnadigung zu erreichen, vergeblich. Er erlitt noch einen Schlaganfall und der warf ihn auf's Krankenlager.

Hilflos, ohne sich bewegen zu können, lag er nun Wochen und Monate im Bett. Sein Körper verfiel und langsam siechte er dem Grab entgegen.

Als ich ihn an meinem Entlassungstag sah, konnte man dieses Häuflein Mensch kaum noch lebend nennen. Wachsig und gelb war die Haut. Das Gesicht glich einem Totenkopf, mit dünner Haut überzogen. Und die Augen lagen in tiefen Höhlen. Matt und stier schauten sie ins Leere. Die Zunge war gelähmt. Der Mund konnte nicht sprechen. Nur unartikulierte Laute brachte er mühsam hervor.

Ein lebender Leichnam lag dort im Bett.

Er hörte, daß ich entlassen werde. Irgendwie hatte er dem Krankenwärter zu verstehen gegeben, ich solle ans Bett kommen.

Als ich zu ihm kam, machte er den vergeblichen Versuch, mir die Hand zu reichen. Er wollte mich wohl beglückwünschen. Ich faßte seine eisige Hand. Mir war, als berühre ich eine Leiche.

Er bewegte die Lippen, wollte mir irgend etwas sagen. Aber ich hörte nur unverständliche Laute, die qualvoll herausgestoßen wurden. Eine Stimme aus dem Grab.

Die Augen bekommen einen flehenden Ausdruck. Ich weiß, was mir der dem Tod Geweihte sagen will, wenn ich sein schaurigqualvolles Stammeln auch nicht verstehe.

»Hilf mir, daß ich nicht in diesem Haus der Freudlosen sterben muß. Ich will noch ein paar Stunden draußen atmen, wo Freiheit, Licht und Sonne ist. Nur ein paar Stunden ...«

Ich weiß, daß ich ihm nicht helfen kann und bin unfähig, ihm ein Trostwort zu sagen. Ich verlasse einen Sterbenden.

Das war das Letzte, was ich vom Schicksal der Gefangenen erlebte. Der Tod im Zuchthaus.

*

Ich hole meine Papiere ab. Der Direktor hält uns beiden, die entlassen werden, eine salbungsvolle Rede. Er betont, daß er stets bemüht gewesen sei, alle zulässigen Erleichterungen zu gewähren und nur den Menschen, nicht den Verbrecher in uns gesehen habe.

Das war zwar nicht immer so, aber es hörte sich doch recht gut an von einem Zuchthausdirektor.

Dann gings zum Tor, der neuen Freiheit entgegen.

Mein Gang war unsicher, als ob ich im Dunkeln eine Treppe hinunterginge und mit dem Fuß nach der nächsten Stufe taste, während ich schon auf ebener Erde stehe. So waren meine ersten Schritte im Freien.

Und die Fläche war so endlos weit, und alles, was ich sah, so farbig und lebensvoll.

In durstigen Zügen sog ich die freie Luft ein. Sie war würzig und frisch, wie nie vorher.

Und dann gingen wir zum Bahnhof.

Der Gedanke ängstigte mich, daß alles nur ein neckender Traum sei und ich am andern Morgen beim Erwachen wieder in der engen Zelle hinterm Gitterfenster liegen könne.

Aber es war kein Traum.

Ich war wirklich frei. Und der Lokalzug kam und trug mich fauchend fort, neuem Leben und neuen Kämpfen entgegen ...

Über tredition

Eigenes Buch veröffentlichen

tredition wurde 2006 in Hamburg gegründet und hat seither mehrere tausend Buchtitel veröffentlicht. Autoren veröffentlichen in wenigen leichten Schritten gedruckte Bücher, e-Books und audioBooks. tredition hat das Ziel, die beste und fairste Veröffentlichungsmöglichkeit für Autoren zu bieten.

tredition wurde mit der Erkenntnis gegründet, dass nur etwa jedes 200. bei Verlagen eingereichte Manuskript veröffentlicht wird. Dabei hat jedes Buch seinen Markt, also seine Leser. tredition sorgt dafür, dass für jedes Buch die Leserschaft auch erreicht wird.

Im einzigartigen Literatur-Netzwerk von tredition bieten zahlreiche Literatur-Partner (das sind Lektoren, Übersetzer, Hörbuchsprecher und Illustratoren) ihre Dienstleistung an, um Manuskripte zu verbessern oder die Vielfalt zu erhöhen. Autoren vereinbaren direkt mit den Literatur-Partnern die Konditionen ihrer Zusammenarbeit und partizipieren gemeinsam am Erfolg des Buches.

Das gesamte Verlagsprogramm von tredition ist bei allen stationären Buchhandlungen und Online-Buchhändlern wie z. B. Amazon erhältlich. e-Books stehen bei den führenden Online-Portalen (z. B. iBookstore von Apple oder Kindle von Amazon) zum Verkauf.

Einfach leicht ein Buch veröffentlichen: **www.tredition.de**

Eigene Buchreihe oder eigenen Verlag gründen

Seit 2009 bietet tredition sein Verlagskonzept auch als sogenanntes "White-Label" an. Das bedeutet, dass andere Unternehmen, Institutionen und Personen risikofrei und unkompliziert selbst zum Herausgeber von Büchern und Buchreihen unter eigener Marke werden können. tredition übernimmt dabei das komplette Herstellungs- und Distributionsrisiko.

Zahlreiche Zeitschriften-, Zeitungs- und Buchverlage, Universitäten, Forschungseinrichtungen u.v.m. nutzen diese Dienstleistung von tredition, um unter eigener Marke ohne Risiko Bücher zu verlegen.

Alle Informationen im Internet: **www.tredition.de/fuer-verlage**

tredition wurde mit mehreren Innovationspreisen ausgezeichnet, u. a. mit dem Webfuture Award und dem Innovationspreis der Buch Digitale.

tredition ist Mitglied im Börsenverein des Deutschen Buchhandels.

Dieses Werk elektronisch lesen

Dieses Werk ist Teil der Gutenberg-DE Edition DVD. Diese enthält das komplette Archiv des Projekt Gutenberg-DE. Die DVD ist im Internet erhältlich auf **http://gutenbergshop.abc.de**